Ines Allerheiligen

Schatten der Vergangenheit

Kriminalroman

Ines Allerheiligen

Schatten der Vergangenheit

Kriminalroman

Bibliografische Information der Deutschen Nationalbibliothek:
Die Deutsche Nationalbibliothek verzeichnet diese Publikation in der Deutschen Nationalbibliografie; detaillierte bibliografische Daten sind im Internet über http://dnb.dnb.de abrufbar.

Impressum
Deutschsprachige Erstausgabe September 2024
Copyright © 2024 Ines Allerheiligen
Umschlagdesign by www.ramschdesign.de
Umschlagfotos: Ines Allerheiligen

Verlag: BoD • Books on Demand GmbH, In de Tarpen 42, 22848 Norderstedt
Druck: Libri Plureos GmbH, Friedensallee 273, 22763 Hamburg

ISBN (Print): 978-3-7597-7715-7

1.

Es war nur ein leiser, dumpfer Aufprall, als der leblose Körper über das Brückengeländer auf den mit kleinen Büschen überwuchernden Boden fiel und dort neben dem Gleisbett liegen blieb. Keiner hatte die zwei dunklen Gestalten bemerkt, die sich mit Schals verhüllt und tief ins Gesicht gezogenen Baseballkappen langsam von der Brücke entfernten und in der Dunkelheit eines nahegelegenen Waldes verschwanden.

Es hatte in der Nacht begonnen zu regnen. Ein feiner Sprühregen, der das staubtrockene Land nur leicht anfeuchtete. Seit Wochen schon war kein Tropfen Regen gefallen und die Bauern hatten Angst um ihre Ernte und so war jeder Regentropfen eine willkommene Hilfe, um das tägliche Bewässern zu unterstützen.

Es war der 1. August und der Wetterdienst hatte für diese Woche einen Wetterumschwung mit einem Temperatursturz vorausgesagt, der von allen sehnlichst erwartet wurde. Seit Anfang Juni war Bremen in hochsommerlichen Temperaturen gefangen, die man hier nicht gewohnt war.

Dieser Tag war nicht nur ein Glückstag für die Landwirtschaft, es war auch der Tag, an dem ein junger Mann sein Leben verlor und wie Abfall in der Natur entsorgt wurde.

Der einsetzende Regen machte die Blätter der Büsche schwerer, sodass sie ihm ungewollt einen Schutz vor der Nässe gaben und wie ein Dach schützten.

Von Weitem hörte man leises Gelächter, welches immer näher kam. Es gehörte zu einer Gruppe Jungs und Mädchen, die wie jeden Morgen gegen halb acht den Zug am Bahnhof St. Magnus zum Bremer Hauptbahnhof nahmen, um in die Schule zu fahren.

„Das ist kalt. Lass das Max!"

Lisa lachte, nahm ihre Wasserspritzpistole und feuerte sie in Salven in Richtung von Max, die diesen nur knapp verfehlten und dafür einen kleinen Jungen trafen, der auf der gegenüberliegenden Straßenseite ging.

„Na warte!"

Max zog auch noch seine zweite Wasserspritzpistole und feuerte mit doppelter Kraft auf Lisa. Eine wilde Wasserschlacht begann und war eine willkommene Erfrischung. Die kleine Gruppe bog aus der Kastanienallee in die Straße Am Bahnhof St. Magnus ein und kam auf der Brücke zum Stehen.

„Wer als erstes die Anzeigetafel trifft hat gewonnen."

Lennard zeigte auf die Tafel, die unten am Bahnsteig neben einer Bank stand und die anzeigte, dass der Zug in fünf Minuten auf den Bahnsteig einfahren würde.

„Auf die Plätze, fertig und los!"

Lisa, Max und Lennard zielten auf die Anzeigetafel und versuchten diese zu treffen.

„Ich lauf schon mal runter", rief Lisa Max zu.

Sie schnappte sich ihre Schultasche und lief zu der langen Treppe, die direkt von der Brücke auf den Bahnsteig hinunterführte. Die Stufen waren vom Regen etwas glitschig und sie hielt sich am Geländer fest, um nicht auszurutschen. Sie hatte gerade die Hälfte der Stufen hinter sich gebracht, als sie unten neben den Schienen etwas entdeckte. Zuerst dachte sie jemand hätte dort seinen Müll entsorgt. Als sie jedoch noch ein paar Stufen weiter ging konnte Lisa erkennen, dass es ein Mensch war, der dort neben den Gleisen im Gestrüpp lag.

Oben auf der Brücke waren die anderen dabei ihre Taschen zu nehmen, um sich auch auf den Weg zum Bahnsteig zu machen. In der Ferne konnten sie schon die NordWestBahn sehen, als ein lauter Schrei von der Treppe ertönte. Erschrocken liefen sie zum Brückengeländer. Auf der Treppe sahen sie Lisa, die schrie und sich die Hände vor das Gesicht hielt.

Das Handy klingelte und riss Hanna aus ihren Gedanken. Sie hatte gerade den Frühstückstisch für Till und sich gedeckt. Einer der wenigen Tage, an denen sie gemeinsam frühstücken konnten. Gestern war es recht spät geworden. Sie hatte mit dem Team noch bis spät abends im Polizeirevier zusammengesessen und über einen Fall diskutiert.

Till arbeitete als pädagogische Fachkraft in einem Übergangswohnheim für geflüchtete Menschen. Normalerweise ging er eine Stunde früher aus dem Haus als Hanna und sie sahen sich erst am Abend wieder. Heute Morgen aber war Hanna mit ihm zusammen aufgestanden und saß nun mit einem Kaffee am Frühstückstisch und wartete, bis er aus dem Badezimmer kam.

Till und Hanna waren schon lange ein Paar und lebten in einer kleinen Wohnung in Bremen Vegesack, in der Weserstraße. Von der Küche aus konnte man direkt auf die Weser blicken, auf der manchmal mächtige Schiffe in beiden Richtungen entlang schipperten.

Hanna nahm einen kräftigen Schluck aus ihrer Kaffeetasse und dann ihr Handy.

„Wolf", meldete sie sich.

„Guten Morgen Frau Wolf. Hier ist das Polizeikommissariat Bremen Lesum, Sander am Apparat."

„Guten Morgen Herr Sander. Was gibt es?"

„Es hat einen mutmaßlichen Selbstmord auf der Bahnstrecke Bremen-Vegesack Richtung Hauptbahnhof gegeben. Der Tatort befindet sich direkt am Bahnhof St. Magnus. Ihr Kollege Herr Siemer ist schon verständigt."

„Bin schon auf dem Weg!", sagte Hanna und schaute zu Till, der aus dem Badezimmer gekommen war und sich an den Tisch gesetzt hatte.

„Tut mir leid. Es wird leider nichts mit unserem gemeinsamen Frühstück. Ich muss los, wir haben einen Toten."

„Wäre ja auch zu schön gewesen."

Till schaute resigniert zu Hanna.

„Dann sehen wir uns also an gleicher Stelle heute Abend?"

„Ja. Ich bringe auf dem Nachhauseweg eine Pizza vom Italiener mit, dann können wir es uns auf dem Balkon gemütlich machen. Besorgst du bitte den Wein? Bis heute Abend."

Hanna nahm einen letzten Schluck Kaffee, schnappte sich ihre Jacke und verließ die Wohnung.

Hanna arbeitete seit 15 Jahren bei der Kripo, sieben Jahre davon im Revier Bremen Lesum. Sie war genau wie ihr Freund Till 38 Jahre alt, sah aber mit ihren langen, feuerroten Locken und der sportlichen Figur wesentlich jünger aus. Sie liebte sportliche Aktivitäten in ihrer Freizeit und fuhr mit Till regelmäßig in den Winterurlaub zum Skifahren.

Auf dem Handy sah sie eine Nachricht von Kai, ihrem Kollegen. Er war bereits auf dem Weg zu ihr, um sie abzuholen. Kai Siemer und Hanna waren seit fünf Jahren ein Team. Für gewöhnlich holte Kai sie morgens zum Dienst ab. Die zehnminütige Fahrt zum Revier nutzten die beiden regelmäßig für einen regen Gesprächsaustausch.

Kai wohnte nicht weit entfernt in einem Haus in Schönebeck mit seiner Frau Katrin. Vor drei Jahren hatten sich die beiden getrennt. Das war eine schwere Zeit gewesen und Hanna hatte mit ihm so manchen Abend zusammengesessen. Kai hatte sich in dieser Zeit sehr zurückgezogen und viele einsame Spaziergänge mit seiner Hündin Lola gemacht.

„Ich brauche das um nachzudenken", sagte er zu Hanna, wenn diese ihn immer wieder zu sich und Till einlud, um ihn aus seiner Lethargie zu reißen. Ende des letzten Jahres war Katrin dann aber wieder bei ihm eingezogen.

Mit quietschenden Reifen kam der schwarze Golf Variant vor Hanna zum Stehen.

„Moin Kai. Wie war dein Ausflug mit Katrin gestern?"

Hanna stieg ins Auto ein und schaute ihn erwartungsvoll an.

„Wie immer hatte ich einen wundervollen Abend", Kai blinzelte Hanna verschmitzt zu.

Er sah glücklich aus und Hanna freute sich aufrichtig für ihren Kollegen.

„Aber jetzt zu unserem neuen Fall."

Kai fuhr los und lenkte das Auto in Richtung Bahnhof St. Magnus.

„Weißt du schon was passiert ist, Kai?"

„Nicht mehr als du nehme ich mal an. Ein Mann soll von der Brücke in der Straße Am Bahnhof St. Magnus gesprungen sein, direkt neben die Gleise am Bahnhof. Mehr weiß ich nicht."

Zehn Minuten später erreichten Hanna und Kai die Brücke, an der sich bereits eine Menschentraube gebildet hatte. Da die komplette Bahnstrecke in beide Richtungen gesperrt war, kamen Ersatzbusse zum Einsatz, die die Menschen weiter befördern sollten.

Überall waren bereits Sichtschutze aufgebaut worden. Anwohner der nahegelegenen Häuser standen an ihren Zäunen und versuchten einen Blick auf den Unfallort zu erhaschen.

Hanna und Kai stiegen aus dem Auto und gingen durch die Absperrung bis an das Geländer der Brücke. Von hier aus konnten sie bis zu den weißen Tüchern sehen, hinter denen ein reges Treiben herrschte und hinter denen der Tote lag.

Einige Meter weiter war Britta Helms von der KTU damit beschäftigt Spuren am Brückengeländer und auf dem Fußweg davor zu sichern. Es hatte ein leichter Regen eingesetzt und sie arbeitete zügig, bevor alle Spuren unbrauchbar wurden. Mit ihr waren zwei weitere Mitarbeiter der KTU, denen sie präzise Anweisungen gab. Einer von ihnen hielt einen großen Schirm und versuchte so die Spuren und auch Britta vor dem Regen zu schützen. Britta sah mit ihrem kurzen braunen Haar noch sehr jugendlich aus, konnte aber schon zehn Jahre Erfahrung in der KTU vorweisen. Sie stand nun auf, um Hanna und Kai zu begrüßen.

„Hallo ihr beiden. Ganz schön frisch heute Morgen hier!"

Britta kam auf Kai und Hanna zu und begrüßte sie überschwänglich. Sie war erst gestern aus ihrem Sommerurlaub zurückgekehrt und sah äußerst erholt und frisch aus.

„Moin Britta, habt ihr schon brauchbare Spuren gefunden?", fragte Hanna.

„Wir haben versucht Fingerabdrücke vom Brückengeländer zu nehmen, aber es sind sehr viele. Es wird sehr schwer werden, diese zuzuordnen. Wir haben einige Haare gefunden, die wir sichern konnten und natürlich Blutspuren, die wahrscheinlich vom Opfer stammen.

„Also kein Selbstmord?", fragte Hanna.

„Es sieht so aus, aber wir können noch nichts Genaues sagen. Aber schaut hier."

Sie führte Hanna und Kai zur Mitte der Brücke. Hier konnte man auf der sandigen Straße diverse Fußspuren erkennen, die scheinbar wild durcheinandergelaufen waren und die vom Fußweg bis zum Brückengeländer führten und von denen man einige noch recht gut erkennen konnte.

„Ich denke, dies könnte die Stelle sein, von der er über die Brücke gesprungen ist oder geworfen wurde."

„Das sieht aus, als hätte ein Kampf stattgefunden." Kai ging in die Hocke und inspizierte die Spuren genauer.

„Ja, das könnte sein. Wir werden diesen Bereich jetzt genauer untersuchen. Dort ungefähr vier Meter weiter sind auch noch eine Menge Spuren", sie zeigte die Brücke runter in Richtung Kastanienallee.

„Aber die gehören sehr wahrscheinlich zu der Gruppe von Kindern, die den Toten entdeckt haben. Außerdem führen blutige Fußspuren direkt von hier die Brücke hinunter Richtung Blindengarten. Sie sind teilweise gut zu erkennen. Ein Kollege geht diesen Spuren gerade nach. Thomas ist unten bei dem Toten."

Thomas war der Chef der KTU und ein sehr erfahrener Kollege. Er war mit seinen knapp 60 Jahren der Älteste im Team.

„Ok, wir gehen mal runter."

Hanna setzte sich ihre Mütze auf ihre roten Locken, bevor der Regen ihre Haare wie ein zerrupftes Vogelnest aussehen ließ.

Die Treppe war nachdem alle Spuren gesichert waren, wieder freigegeben.

Unten angekommen, sahen sie Thomas und Uwe in einer regen Unterhaltung miteinander vertieft vor dem Toten stehen. Uwe Maschen war der Pathologe im Team der Bremer Kripo und ein guter Freund von Kai. Er war klein und hatte lange graue Haare, die er zu einem Zopf gebunden hatte.

„Hallo Uwe, hallo Thomas", begrüßte Kai die beiden.

„Weiß man schon wer der Tote ist?"

Hanna kniete nieder, um den Mann genauer zu begutachten.

„Nein, aber Selbstmord kann ich zu 100 Prozent ausschließen", sagte Uwe.

„Der Mann ist ermordet worden?"

Hanna stand auf und umarmte Uwe und Thomas zur Begrüßung.

„Davon müssen wir vorläufig ausgehen. Er hat einen Einstich im Rücken auf Höhe der Nieren und einen Einstich direkt ins Herz. Er muss sofort tot gewesen sein. Ich gehe davon aus, dass er schon tot war, als er von der Brücke geworfen wurde."

Uwe drehte den Toten auf die Seite, damit man die Einstichstellen besser sehen konnte.

„Hatte er keine Ausweispapiere dabei?", fragte Hanna.

„Leider nein. Aber wir haben eine Visitenkarte in seiner Jackentasche gefunden." Thomas reichte sie Hanna.

„FH Bremen - Übergangswohnheim Nord.", las Hanna laut vor. Dann drehte sie die Karte um und stutzte: „Ihr Ansprechpartner Till Metze – Pädagogische Fachkraft Integration."

Sprachlos schaute sie zu Kai.

„Das ist eine Visitenkarte von Till. Der Tote war scheinbar ein Bewohner des Übergangswohnheimes in dem Till arbeitet."

„Ich habe mir schon gedacht, dass das interessant für dich ist", antwortete Uwe.

„Was haben wir noch?", fragte Hanna.

„Ich schätze der Mann ist so zwischen 25 und 30 Jahre alt."

Uwe gab das Zeichen zum Abtransport des jungen Mannes.

„Wahrscheinlich aus dem arabischen Raum", er zeigte auf eine Tätowierung am rechten Unterarm mit arabischen Schriftzeichen.

„Sowohl die Tätowierung, als auch das äußere Erscheinungsbild lässt diese Herkunft vermuten. Genaueres nach der Obduktion."

„Freiheit", las Hanna langsam vor, die seit einiger Zeit einen Arabisch - Sprachkurs belegte und daher schon ein paar Wörter Arabisch lesen und verstehen konnte.

„Wir nehmen den Toten jetzt mit in die Pathologie. Dann sehen wir weiter."

„Alles klar." Kai schaute zu Hanna.

„Und wir fahren jetzt in das Übergangswohnheim Nord. Ich gehe davon aus, dass wir dort mehr über den Mann erfahren werden."

2.

Die Wellen bauten sich hoch vor Jamal auf. Er versuchte sich treiben zu lassen, mit den Bewegungen der Wellen zum Ufer zu gelangen. In der Ferne sah er kleine Lichter, es konnte nicht mehr weit sein. Die Schwimmweste hatte ihn bis hierhergebracht und würde ihm auch helfen bis zum Ufer zu gelangen. Da war er sich sicher. Er drehte sich zu den anderen um, in der Hoffnung, dass auch sie es geschafft hatten der rauen See zu trotzen.

Er sah das kleine Schlauchboot etwa zwei Meter hinter sich auf den Wellen tanzen. Fünf Umrisse konnte er mit Hilfe des Mondlichtes erkennen. Also waren sie noch alle da. Er atmete erleichtert auf.

Sie waren heute gegen frühen Morgen von der türkischen Küste aus gestartet. Von wo genau wusste er nicht. Eine Gruppe von sechs jungen Männern, die sich bis auf zwei, die zusammen in der Armee waren, zuvor nie begegnet waren. Der Schmuggler, den er in Istanbul getroffen hatte und der ihm 3000 Dollar abgenommen hatte, hatte ihn und die anderen an dieser Stelle des Strandes am Abend zuvor abgesetzt. Sie sollten hier warten und sich so ruhig wie möglich verhalten, bis er mit dem Boot zurückkommen würde. Dann war er gefahren und hatte sie am Strand alleine zurückgelassen.

Sie schlugen ihr Lager hinter den Büschen auf, die am Strand wuchsen. Ein Feuer trauten sie sich nicht zu machen, aus Angst vor Entdeckung. Es war kalt an diesem Abend, aber die Büsche boten Schutz vor dem Wind, der vom Meer her zu ihnen wehte. Jeder der Männer hatte etwas zu essen dabei und so versuchten sie es sich so gut wie möglich bequem zu machen und hofften, dass der Schmuggler bald mit dem Boot, welches sie nach Lesbos bringen sollte, eintreffen würde. Bis nach Lesbos war es ungefähr eine Stunde Fahrt mit dem kleinen Schlauchboot und sie waren zuversichtlich, dass sie dies schaffen würden. Lesbos bedeutete das Tor zur Freiheit für die sechs jungen Männer und so war die Vorfreude groß.

Jeder der sechs Männer hatte bereits eine mehr oder weniger schwere Flucht hinter sich. Sie nutzten die Zeit des Wartens um sich kennenzulernen. Da waren Sami 26 Jahre alt, Abdul 16 Jahre alt, sowie Nabeel und Jamal beide 27 Jahre alt. Sie alle kamen aus Syrien. Samis Heimatstadt war Aleppo, eine Stadt, die zum größten Teil bereits vom Krieg zerstört war. Er war genau wie Nabeel und Jamal, die aus Al- Hasaka stammten aus der Armee geflohen. Abdul kam aus Syriens Hauptstadt Damaskus. Er war noch nicht zum Militärdienst eingezogen worden, denn dafür war er mit seinen 16 Jahren noch zu jung. Als der

Krieg auch in Damaskus Einzug hielt und täglich Bomben auf die Stadt fielen, entschieden sich seine Eltern, dass er nach Europa fliehen sollte. Er war der Einzige, der noch unter 18 Jahre alt war und konnte somit die Familie nachholen.

Dann war da noch Anis. Anis war aus Afghanistan geflohen. Er war 20 Jahre alt und hatte seine komplette Familie verloren. Die Taliban hatten ihr Haus gestürmt und alle getötet. Anis war zu dieser Zeit nicht zu Hause gewesen. Ein Nachbar hatte ihn benachrichtigt und geraten nicht zurück zu kommen. So entschied er sich zur Flucht.

Der Älteste mit 30 Jahren war Mohammed aus Eritrea. Seine Frau und seine zwei Kinder waren mit ihm nach Äthiopien geflohen und warteten darauf nach Europa nachzukommen, sobald er in Sicherheit war. Sie alle waren voller Hoffnung auf ein neues Leben.

Plötzlich hörten sie hinter sich ein Geräusch und sie hielten inne. Aus der Dunkelheit tauchte der

Schmuggler auf. Er ächzte und stöhnte unter der Last, die er hinter sich herzog. Als die Männer ihn erkannten, sprangen sie auf und halfen ihm. Sie zogen das verschnürte Paket bis zum Strand runter. Dort musste alles ganz schnell gehen.

„Die Zeit drängt", sagte der Schmuggler.

Nachdem das Schlauchboot bereit war, zogen sie es ins Wasser und sprangen alle mit ihren Taschen hinein. So schnell wie er gekommen war, verschwand der Schmuggler auch wieder. Sie waren auf sich alleine gestellt.

An Bord, wenn man es denn so nennen konnte, befanden sich zwei Kanister mit frischem Wasser, etwas Brot und eine kleine Karte, auf der die Fluchtroute eingezeichnet war, sowie ein Kompass.

Sie ließen den kleinen Motor an und stachen zuversichtlich in See. Der Motor ächzte unter der Last der sechs Männer und dem Gepäck und sie hofften, dass der Motor die Überfahrt halten würde und sie sicher an das Ufer in Lesbos bringen würde.

Jamal winkte den anderen im Boot zu.

„Ich kann die Küste schon sehen. Schaut, da vorne! Wir haben es bald geschafft."

Die Aussicht auf ein Ende des Martyriums, gaben ihm die Kraft mit drei Zügen zu dem Schlauchboot zu gelangen. Es hatte sich nur eine Rettungsweste an Bord befunden und als das kleine Boot vor einer Stunde drohte der Last der Männer nachzugeben, beschloss Jamal von Bord zu gehen. Er war der Einzige der Männer, der schwimmen konnte und das Wasser in dem kleinen Schlauchboot stieg minütlich an.

Eine Stunde war er neben dem Boot hergeschwommen. Immer wieder hatten ihn die Wellen weggetrieben und er hatte Mühe gehabt, sie nicht aus den Augen zu verlieren. Die Männer versuchten ihn jetzt wieder in das kleine Boot zu ziehen, denn der Sturm hatte sich gelegt.

Sie waren bei ruhiger See gestartet. Die Sonne brannte auf das kleine Schlauchboot herunter und ließ die sechs jungen Männer schwitzen. Aber es war ihnen egal, denn sie hatten ein Ziel vor Augen. Wenn alles gut verlaufen würde, würden sie schon bald die Insel erreichen. Von da aus sollte es weitergehen zum Festland und dann nach Deutschland.

In nur wenigen Minuten zogen dunkle Wolken auf, die Massen an Regen in sich trugen, die sie direkt über dem Boot entluden.

Endlich gelang es ihnen Jamal wieder ins Boot zu ziehen. Die Lichter der Küste kamen näher und nur eine viertel Stunde später erreichten sie erschöpft, aber überglücklich die Küste von Lesbos.

Die jungen Männer fielen sich erleichtert in die Arme. In jeder der sechs Augenpaare flammte die Hoffnung auf ein neues Leben in Freiheit und Frieden auf. Die Anstrengungen der letzten Stunden, Tage und Wochen waren vergessen. Sechs Männer, sechs Geschichten und sechs unterschiedliche Träume für die Zukunft.

Bevor sie sich trennten tauschten sie ihre Handynummern aus. Vor wenigen Stunden hatten sie sich erst kenngelernt, aber die kurze Zeit miteinander, in der sie ein gemeinsames Ziel verfolgten, hatte sie zusammengeschweißt und sie wollten sich nicht aus den Augen verlieren.

3.

Kai parkte das Auto direkt auf dem Parkplatz vor dem Überganswohnheim Nord. Das Heim war von einem zwei Meter hohen Zaun umgeben. Vom Parkplatz aus gab es ein Tor durch das man auf das Gelände des ÜWH's gelangen konnte, das aber verschlossen war.

„Besucher bitte den vorderen Eingang benutzen". Das Schild in Form eines Pfeiles, welches in mehreren verschiedenen Sprachen geschrieben war, zeigte den

Besuchern den Weg, über den sie in das Heim gelangen konnten.

Hinter dem Zaun herrschte ein reges Treiben. Auf dem Rasenplatz am Haus war ein kleiner Spielplatz aufgebaut. Zwei kleine Mädchen schaukelten um die Wette, während ihre Mütter hinter ihnen standen und sich unterhielten. Auf der anderen Seite, weiter hinten spielten einige Kinder Fußball. Etwas Abseits unterhielten sich drei Männer unter einer Überdachung und rauchten.

Kai und Hanna folgten dem Pfeil auf dem Schild an dem Tor und gingen um das dreistöckige Haus herum zum Haupteingang.

Hanna war schon einige Male hier gewesen, um Till von der Arbeit abzuholen. In dem Haus selbst war sie aber noch nie gewesen.

„Hier ist eine Klingel am Zaun", Hanna drückte auf den Klingelknopf. Nur kurze Zeit später öffnete sich die Tür und ein Mann kam zum Eingang.

„Moin! Wie kann ich ihnen helfen?"

„Guten Morgen. Mein Name ist Hanna Wolf und das ist mein Kollege Kai Siemer, Kripo Bremen. Wir möchten gerne mit der Heimleitung sprechen."

Der Mann, der die Uniform einer Security Firma trug öffnete die Tür und wies ihnen den Weg ins Heim.

Das Übergangswohnheim hatte drei Eingänge. Über der mittleren Tür war in großen Buchstaben „Büro" geschrieben. Durch diese Tür führte der Mann sie, auf dessen Uniform ein Schild mit dem Namen „A. Güny" stand.

„Bitte hier entlang. Sie können dort auf den Stühlen Platz nehmen. Ich sage Frau Wefer Bescheid, dass sie sie sprechen möchten."

Danach verschwand er hinter einer Glasschiebetür. Hinter der Tür gegenüber hörten sie leises Gemurmel. Auf dem Schild an der Tür stand Tills Name.

„Das ist also Tills Büro", dachte Hanna und wunderte sich, dass sie in all den Jahren, in denen Till hier arbeitete noch nie hier gewesen war.

Nur kurze Zeit später öffnete sich die Glasschiebetür und Herr Güny winkte Kai und Hanna zu sich her. Er führte sie in ein kleines Büro. Hinter dem Schreibtisch saß eine Frau, mit schulterlangen blonden Haaren. Hanna schätzte sie auf Mitte 50.

„Guten Morgen. Ich bin die Einrichtungsleitung Inge Wefer. Was kann ich für sie tun?"

Sie zeigte auf zwei Stühle, die vor ihrem Schreibtisch standen.

„Mein Name ist Kai Siemer und das ist meine Kollegin Hanna Wolf. Wir sind von der Kripo Bremen und haben einige Fragen an sie."

Inge Wefer bekam ein besorgtes Gesicht.

„Ich hoffe es ist nichts Schlimmes passiert? Eine Abschiebung?"

„Nein es geht nicht um eine Abschiebung."

Kai holte die Visitenkarte aus seiner Hosentasche und zeigte sie Frau Wefer.

„Diese Visitenkarte haben wir in der Jackentasche eines toten Mannes gefunden. Wir gehen davon aus, dass der Mann in diesem Heim gewohnt hat oder zu mindestens schon einmal hier war."

Frau Wefer nahm die Karte und drehte sie um.

„Das ist die Visitenkarte meines Kollegen Herrn Metze. Oh, sie sind Hanna, die Lebensgefährtin von Till, stimmts?"

„Ja, das ist richtig", Hanna nickte.

„Ich hole ihn. Einen kleinen Moment bitte."

Wenige Minuten später kehrte sie mit Till im Schlepptau zurück ins Büro.

„Hanna, Kai, was macht ihr denn hier?"

Till setzte sich auf den Stuhl, den Inge Wefer neben sich gezogen hatte.

Hanna gab ihm seine Visitenkarte.

„Schau mal Till. Diese Visitenkarte haben wir heute Morgen bei dem Toten am Bahnhof St. Magnus gefunden."

Till drehte die Karte um.

„Ja, das ist meine Visitenkarte. Aber ich habe viele Visitenkarten verteilt. In der Regel aber nur in unserem Heim. Habt ihr einen Namen?"

„Nein, einen Namen haben wir nicht. Aber ich kann dir ein Foto zeigen."

Kai holte sein Handy aus der Tasche und zeigte es Till und Frau Wefer.

Till atmete hörbar ein und schaute bestürzt zu seiner Heimleitung rüber.

„Das ist Nabeel", flüsterte Till kaum hörbar.

„Nabeel? Und weiter?" Kai steckte sein Handy zurück in seine Tasche.

„Nabeel Raham. Moment ich hole seine Akte."

Till ging in sein Büro und kam mit einem schmalen Aktenordner zurück.

„Nabeel Raham, 27 Jahre, ledig, Al - Hasaka, Syrien", las er laut vor.

„Seine Erstankunft im Quartier war am 25. Mai 2020. Zu uns ins Heim ist er dann am 17. August 2020 desselben Jahres umgezogen."

Till wirkte immer noch sehr bestürzt. Auch Inge Wefer machte ein betroffenes Gesicht.

„Was ist mit ihm passiert?", fragte sie Kai.

„Er wurde heute Morgen am Bahnhof St. Magnus tot aufgefunden. Der Erstverdacht eines Selbstmordes hat sich nicht bestätigt. Er wurde mit zwei Messerstichen getötet und ist dann von der Brücke auf die Gleise gefallen oder gestoßen worden. Das können wir noch nicht mit hundertprozentiger Sicherheit sagen. Was kannst du uns über ihn erzählen?", Kai wandte sich an Till.

„Nabeel war ein sehr ruhiger Mann und immer sehr zurückhaltend. Es hat einige Zeit gedauert, bis er anfing Vertrauen zu mir zu fassen."

„Hat er erzählt wie er nach Deutschland gekommen ist?", hakte Hanna nach.

„Er ist mit einem kleinen Boot aus der Türkei auf Lesbos angekommen. Ich glaube zusammen mit mehreren anderen Männern. Dort hat er wohl einige Zeit in

einem Auffanglager gelebt, bis er dann auf dem Fußweg nach Deutschland weitergezogen ist."

„Weißt du etwas über sein Leben in Syrien?" fragte
Kai.

„Nicht viel. Ich weiß, dass er in der Armee war, desertiert ist und sich dann über die Türkei auf den Weg
nach Deutschland gemacht hat. Wie lange die Flucht
bis Deutschland gedauert hat, weiß ich nicht. Soll ich
euch sein Zimmer zeigen?"

„Ja, das ist eine gute Idee", sagte Hanna.

Till führte Hanna und Kai durch das Treppenhaus in
die zweite Etage des Gebäudes. Das Haus war alt,
aber in einem gepflegten Zustand.

„Schaut", zeigte Till.

„Die drei Eingänge des Hauses sind alle gleich aufgebaut. Es gibt drei Etagen mit je zwei Wohnungen. Auf
der rechten Seite mit drei Zimmern und auf der linken
Seite mit vier Zimmern. Dann befindet sich noch ein
kleines Badezimmer in jeder Wohnung. Hier gibt es

aber nur eine Toilette und ein Waschbecken. Die gemeinsamen Duschräume und die Gemeinschaftsküchen befinden sich jeweils in den Kellern."

Hanna schaute sich interessiert um. Sie hatte noch nie ein Übergangswohnheim von innen gesehen.

„So hier wären wir. Zimmer 24, ein Einzelzimmer."

Till öffnete die Tür mit seinem Schlüssel und zusammen betraten sie das Zimmer.

Während Kai begann das spartanisch eingerichtete Zimmer zu durchsuchen, schaute sich Hanna nur zögerlich um. Sie hatte auch nach Jahren der Arbeit immer noch Respekt davor, die Hinterlassenschaften fremder Menschen zu durchsuchen.

Das Zimmer war klein und übersichtlich eingerichtet. An der rechten Wand stand ein Bett mit einem kleinen Nachtschrank, bestehend aus einer Cola-Kiste und einem Brett oben drauf, welches weiß lackiert war. Vor dem Fenster, von dem aus man auf die Straße blicken konnte, stand ein Tisch mit zwei Stühlen. Dann gab es noch einen Spint und einen Kühlschrank. Hanna öffnete den Kühlschrank, in dem sich eine Kanne Milch, Joghurt und Käse befand. Auf dem Tisch lagen Brot und Schokolade.

Kai inspizierte den Spint. Hier war seine Kleidung untergebracht und ein Aktenordner, den Kai herausnahm.

„In dem Aktenordner sind alle Papiere abgeheftet, seitdem er in Deutschland angekommen ist", sagte Till.

„Die erstellen wir hier in einem Workshop, der von einer Ehrenamtlichen geleitet wird. So gehen die wichtigen Dinge nicht verloren. Nabeel war ein sehr ordnungsliebender Mensch. Alle seine Papiere dürften sich in dem Ordner befinden." Till schaute betreten zu Boden.

„Den würden wir gerne mitnehmen", sagte Kai.

„Hatte er Freunde hier im Heim?", Hanna nahm ein Foto vom Nachttisch, welches eine Gruppe junger Männer zeigte, die sich lachend in den Armen lagen.

„Was ist mit diesen Männern hier? Wohnen sie auch hier im Heim?"

„Nein", sagte Till. „Das ist die Gruppe der Männer, mit denen er zusammen auf der Flucht war.

Keiner von ihnen wohnt hier im ÜWH. Ich weiß aber, dass er guten Kontakt mit den Männern hatte."

„Hast du die Namen der Männer oder weiß du wo sie leben?", fragte Hanna.

„Ich habe einen Namen. Der Mann, der rechts neben Nabeel auf dem Foto zu sehen ist. Sein Name ist Sami Madrasa. Von ihm hat Nabeel manchmal erzählt. Sie standen sich nahe."

Kai nahm das Foto und schaute es sich an.

„Können wir herausfinden, wo er sich befindet?", er schaute Till fragend an.

„Über das Bundesamt für Migration sollte dies möglich sein. Ich gebe euch die Kontaktdaten mit. Sollte er sich in Deutschland befinden, wird sein Name im Computer sein. Ich kann euch noch sagen, dass er aus Aleppo stammt."

„Und mit wem hatte er hier im Heim Kontakt?"

Hanna stellte das Foto auf den Nachttisch zurück.

„Wie gesagt, er war sehr zurückhaltend, aber ich weiß, dass er mit Hussein Bukra, einem jungen Mann, der aus Afrin stammt, zusammen zum Integrationskurs gegangen ist. Ich glaube die beiden kannten sich flüchtig aus ihrer Heimat Syrien, wo sie in dieselbe Schule gegangen waren. Hussein wohnt in der zweiten Etage im ersten Eingang, Zimmer 5. Soll ich mal nachschauen, ob er auf seinem Zimmer ist?"

„Ja mach das bitte, Till", sagte Hanna.

„Wir schauen uns hier noch ein wenig um und dann treffen wir uns unten im Büro."

Hanna trat an das zweite Fenster, von dem aus sie in den Garten blicken konnte. Sie sah nur einen Mann, der in der hintersten Ecke stand und rauchte. Die Kinder, die noch vor einer halben Stunde dort gespielt hatten waren verschwunden.

„Lass uns zum Büro runter gehen", sagte Kai.

„Ich habe hier unter den Pullovern noch einige Papiere gefunden. Wir müssen sie uns übersetzen lassen.

Sie sind auf Arabisch geschrieben. Alles in Ordnung Hanna?"

Hanna stand noch immer bewegungslos am Fenster.

„Hanna?"

„Entschuldige", Hanna riss sich aus ihren Gedanken.

„Ich habe gerade über den toten jungen Mann nachgedacht. Er ist aus seinem Heimatland geflohen, unter größten Anstrengungen, aus dem Krieg und wollte sich hier in Deutschland ein neues Leben aufbauen. Nun ist er tot."

„Ja, das ist sehr traurig", antwortete Kai.

„Lass es bitte nicht so nah an dich ran. Komm, wir werden alles daransetzen herauszufinden was mit ihm passiert ist."

Im Treppenhaus hatte sich ein leckerer Geruch verschiedenster Speisen ausgebreitet. Es war Mittag geworden und es wurde scheinbar fleißig gekocht in der Gemeinschaftsküche, die sich im Keller befand. Ein kleines Mädchen kam Kai und Hanna aus dem Büro entgegen. Sie lächelte Hanna an und sagte: „مرحبا".

Hanna erwiderte ebenfalls auf Arabisch: „Hallo".

Die Kleine lief lachend davon.

Till kam ihnen aus seinem Büro entgegen.

„Hussein ist leider nicht auf seinem Zimmer gewesen. Ich denke er ist noch in der Schule. Ich habe einen Zettel für ihn hinterlassen, damit er sich im Büro meldet."

„Das ist gut Till", Kai gab ihm seine Karte. „Melde dich dann im Revier, damit wir uns mit ihm treffen können. Einen Übersetzer werden wir dann vor Ort haben."

„Das wird nicht nötig sein Kai. Hussein spricht schon sehr gut Deutsch."

Hanna und Kai verließen das Wohnheim und machten sich auf den Weg zum Revier in Lesum.

Hanna war sehr nachdenklich auf dieser Fahrt. Viele Gedanken gingen ihr durch den Kopf.

4.

Als Hussein am Abend zurück ins ÜWH kam war es schon recht spät. Er war schon früh am Morgen in die Stadt gefahren, da er heute besonders pünktlich in der Schule sein wollte. Der letzte Teil der Prüfung für das Sprachniveau B1 stand heute an, der mündliche Teil. Vor der Schule wollte er sich mit Nabeel treffen, der die Nacht bei einem Freund verbringen wollte. Aber Nabeel war nicht gekommen. Auch zur Prüfung war er nicht erschienen. Noch bis kurz bevor seine eigene Prüfung begann, hatte Hussein versucht Nabeel zu erreichen, aber sein Handy war nicht erreichbar. Dann wurde er in den Klassenraum gerufen und versuchte sich auf seine Prüfung zu konzentrieren.

Alles war sehr gut für ihn gelaufen. Er konnte alle Fragen beantworten und auch die Worte kamen flüssig und deutlich über seine Lippen. Seine Lehrerin nickte ihm immer wieder wohlwollend zu und er war sich sicher, dass er den mündlichen Teil der Prüfung gut gemeistert hatte. Auf das endgültige Ergebnis musste er allerdings noch drei Wochen warten, bis auch die schriftlichen Fragen ausgewertet waren.

Danach war der ganze Kurs noch zusammen in die Stadt gegangen. Sie hatten etwas gegessen und den Tag gemütlich in einem Restaurant an der Schlachte ausklingen lassen.

Erst als er sich auf den Rückweg ins ÜWH machte, musste er wieder an Nabeel denken. Er hatte sich den ganzen Tag nicht bei ihm gemeldet. Dies war sehr untypisch, da Nabeel sehr zuverlässig war. Er nahm sich vor, sobald er zuhause war bei Nabeel an der Tür zu klopfen.

Er öffnete das Eingangstor und winkte dem Mann der Security zu, der aus dem Fenster schaute. Als er Hussein erkannte winkte dieser zurück. Da die Nachtschicht immer im Wechsel drei verschiedener Mitarbeiter rotierte, kannte Hussein alle recht gut. Heute hatte Herr Spengemann Dienst, ein ehemaliger Polizist, der sein Rentendasein durch die Arbeit im ÜWH ein wenig bunter gestalten wollte. So sagte er immer. Er liebte die Arbeit, war immer freundlich zu den Bewohnern und sehr beliebt.

Als Hussein an der Tür vom Büro vorbeiging, öffnete diese sich und Herr Spengemann steckte seinen Kopf durch die Tür.

„Hallo Hussein. Du sollst morgen früh gleich als erstes ins Büro zu Till kommen."

„Ah ok. Hat er gesagt was er will?"

„Nein, darüber weiß ich nichts, aber es schien sehr wichtig zu sein", erwiderte Herr Spengemann.

„Alles klar. Danke fürs Bescheid sagen. Eine schöne Nacht noch. Gute Nacht."

„Gute Nacht Hussein."

Auf den Weg in sein Zimmer klopfte Hussein an die Tür von Nabeel. Als dieser nicht öffnete, machte er sich auf den Weg in sein Zimmer. Im Heim war alles ruhig zu dieser späten Stunde und so legte er sich auch ins Bett und schlief sofort ein.

Es klopfte leise an der Tür. Till sah Hussein durch die Glasscheibe und winkte ihn rein, während er gerade in der Warteschleife der Krankenkasse hing, um nach der Krankenkassenkarte eines Bewohners zu fragen. Kai hatte heute Morgen angerufen und gesagt, dass er um zehn Uhr ins ÜWH kommen würde, um mit Hussein zu sprechen und auch noch weitere Bewohner zu befragen. Er hatte Till gebeten noch nichts über den Tod von Nabeel zu erzählen und so hatte sich Till vorgenommen mit Hussein an dessen Weiterbewilligungsantrag zu arbeiten, bis Kai im ÜWH eintreffen würde. Hussein hatte schon vor einem Jahr Aufenthalt im Deutschland bekommen. Jedes Jahr musste ein Weiterbewilligungsantrag für die Leistungen des Jobcenters gestellt werden. Sie hatten Anfang der Woche bereits angefangen den Antrag auszufüllen.

„Wie ist deine Prüfung gestern gelaufen?" Till legte das Telefon aus der Hand. Für heute hatte er genug Warteschleifenmusik gehört.

„Sehr gut, danke. Wenn ich B1 geschafft habe, dann kann ich endlich mit einer Ausbildung anfangen."

„Ich drücke dir die Daumen, Hussein. Hast du dir schon überlegt, was du machen möchtest?"

„In der Schule war ich immer gut in Chemie und Biologie. Ich würde gerne etwas in diesem Bereich machen."

Er senkte den Blick zum Boden. Der Gedanke an seine Heimat machte ihn sehr traurig. Seine Eltern und Geschwister waren noch in Afrin. Es war ein täglicher Kampf ums Überleben. Hussein schickte jeden Monat eine kleine Summe nachhause, die den Eltern half dort notwendige Lebensmittel oder Medikamente zu kaufen. Er hatte sich vorgenommen schnell Deutsch zu lernen, um Arbeiten zu können und nicht mehr Abhängig von Sozialleistungen zu sein.

Till hatte den Weiterbewilligungsantrag schon rausgesucht und gab ihn nun Hussein zur Unterschrift.

„Ich bin nochmals alles durchgegangen und wir können den Antrag jetzt so abschicken. Du musst nur noch unterschreiben."

Till zeigte auf ein gelbes Zettelchen, welches die Stelle markierte an der Hussein unterschreiben musste.

Es klopfte an der Tür und Frau Wefer kam mit Kai zusammen ins Büro.

Till sprang auf und ging zu Hussein, um ihm Kai vorzustellen. Alle zusammen begaben sie sich in den Aufenthaltsraum auf der anderen Seite der Etage, da dort mehr Platz war.

„Bitte setzen sie sich", Kai zeigte auf einen der Stühle die um einen Tisch standen.

„Mein Name ist Kai Siemer, Kripo Bremen. Sie sind Hussein Bukra?"

„Ja, das bin ich. Was ist passiert?"

„Es geht um ihren Freund Nabeel Raham."

„Was ist mit ihm?", fragte Hussein besorgt.

„Es tut mir sehr leid. Wir haben Herrn Raham gestern Morgen tot aufgefunden."

„Was?", Hussein sprang entsetzt auf.

Till legte ihm seine Hand auf die Schulter, um ihn zu beruhigen.

Mit entsetzten Augen hörte Hussein zu, was Kai zu erzählen hatte. Immer wieder unterbrach er Kai mit den Worten: „Wer hat ihm das angetan?"

„Wir wissen es noch nicht, aber wir werden alles dafür tun, um es herauszufinden. Das verspreche ich ihnen. Hat er ihnen erzählt was er vorgehabt hat, ob er sich mit jemanden treffen wollte?"

„Er wollte die Nacht bei einem Freund verbringen und von dort aus am nächsten Morgen in die Schule kommen. Am Nachmittag hatten wir zusammen für die Prüfung gelernt. Hier in diesem Raum. Danach bin ich auf mein Zimmer gegangen, um früh schlafen zu gehen."

„Wann war das?"

„Das muss so gegen 17 Uhr gewesen sein. Ich habe dann auf meinem Zimmer noch ein wenig gelesen und bin dann schlafen gegangen. Als Nabeel dann am nächsten Morgen nicht zur Prüfung erschienen ist, habe ich ihn ein paar Mal versucht anzurufen. Aber sein Handy war ausgestellt. Ich musste mich dann auf meine Prüfung konzentrieren. Als ich ihn dann abends auch nicht hier im Heim antraf, fing ich schon an mir Sorgen zu machen."

„Wissen sie wie der Freund hieß, bei dem er übernachten wollte?"

„Sein Name ist Jamal Bakir, aber eine Adresse habe ich nicht. Aber Nabeel hat mir erzählt, dass er ihn aus seiner Heimatstadt kannte und sie zusammen in der Armee waren. Er hatte auch noch einen anderen engen Freund. Sein Name ist Sami Madrasa, aber er ist nicht in Bremen. Nabeel, Jamal und Sami sind zusammen mit einem Boot aus der Türkei in Griechenland angekommen."

„Würden sie Jamal auf einem Foto erkennen?"

„Ich habe ihn nur einmal kurz gesehen, als die beiden Videochat gemacht haben. Aber ja, ich denke ich würde ihn erkennen."

Till holte das Foto aus Nabeels Zimmer, auf dem die Gruppe der Männer zu sehen waren, die zusammen über das Meer geflüchtet waren.

„Das hier ist Sami", Hussein zeigte auf den Mann, der neben Nabeel stand.

„Und hier auf der anderen Seite, das ist Jamal."

„Ich danke ihnen Hussein. Sie haben mir sehr geholfen. Falls ihnen noch weitere Details einfallen sollten, rufen sie mich bitte an."

Kai hielt ihm seine Karte hin.

„Was passiert denn jetzt? Was ist mit seinen Sachen und wer informiert seine Familie in Syrien?"

„Wir kümmern uns darum. Machen sie sich keine Sorgen Hussein."

Kai und Till sahen Hussein nach, wie er mit gesenktem Kopf den Raum verließ.

„Wie geht es jetzt weiter?", fragte Till.

„Wir müssen versuchen Kontakt zu Jamal Bakir und Sami Madrasa zu bekommen und mit ihnen sprechen. Du sagtest du könntest versuchen etwas beim Bundesamt für Migration herauszufinden, Till?"

„Ja das kann ich versuchen. Ich melde mich sobald ich etwas weiß."

„Gut. Ich fahre zurück aufs Revier. Hanna wollte sich heute Morgen mit dem Gerichtsmediziner treffen. Vielleicht gibt es schon Neuigkeiten."

Uwe Maschen und Hanna standen gebeugt über den Toten. Die Pathologie, die sich im Keller des Polizeireviers in Bremen – Lesum befand, war kühl und feucht an diesem Morgen. Hanna fröstelte und schaute gebannt zu was Uwe ihr zeigte.

„Hier und hier sind die beiden Einstiche. Den Stich in die Niere hätte er wahrscheinlich überlebt. Aber der Stich ins Herz war tödlich."

„Kannst du etwas über das Messer sagen?"

„Schwer zu sagen. Die Einstichstellen sind zwischen zehn und zwölf Zentimeter tief und die Klinge hat eine Breite von ungefähr vier Zentimeter. An den ausgefranzten Rändern der Wunden kann man erkennen, dass es ein Messer mit Sägezähnen war. Vielleicht ein gewöhnliches Brotmesser."

Uwe hielt ein Vergrößerungsglas über die Wunde, so dass Hanna deutlich sehen konnte, dass die Wundränder nicht glatt waren.

„Die Untersuchung des Tattoos hat ergeben, dass die Farbe, mit dem es gestochen wurde in Deutschland nicht verwendet wird. Es sind einige Inhaltsstoffe enthalten, die hier zu Lande verboten sind. Es ist auch schon einige Jahre alt, kein frisch gestochenes Tattoo. Schau mal hier am Haaransatz!", Uwe drehte den Toten leicht und schob die Haare am Nacken etwas zur Seite.

„Kannst du das kleine Zeichen sehen, Hanna?"

Uwe leuchtete die Stelle mit einer kleinen Taschenlampe an, damit Hanna sehen konnte was er meinte.

„Ja, es ist eine 77 in arabischen Schriftzeichen. Sieht aber nicht aus wie ein Tattoo."

„Es ist auch kein Tattoo. Es ist eine Art Branding, wie bei Tieren."

„Du hast Recht Uwe. Hast du so etwas schon mal gesehen?"

„Nein, ich hatte noch keinen Toten mit einem Branding auf meinem Tisch liegen. Das heißt aber nicht, dass es so etwas nicht vielleicht schon mal bei einem anderen Fall gegeben hat."

„Ich werde Peter damit beauftragen", sagte Hanna und machte ein Foto von den Brandzeichen am Hals des Toten. Peter Borchers war der Computerspezialist im Team. Er war ein schlanker junger Mann mit blonden Haaren, Anfang 30. Sein ganzes Leben bestand aus Computern. Auch in seiner Freizeit verbrachte er viele Stunden vor dem Computer, entwickelte Programme und surfte im Internet. Er würde dies niemals zugeben, aber seine Freundin hatte es Hanna auf der letzten Weihnachtsfeier verraten.

„Wann können wir mit den ersten Ergebnissen der Blut – und Gewebeproben rechnen?"

„Ich denke gegen Abend werden die Ergebnisse da sein. Ich lasse sie dir dann sofort zukommen."

„Alles klar, danke Uwe. Ich gehe jetzt mal hoch ins Büro. Vielleicht ist Kai schon wieder da und hat Neuigkeiten."

„Grüße ihn von mir und bis später. Ich gehe davon aus, dass Hartmut im Laufe des Tages eine erste Teamsitzung zu dem Fall machen wird."

„Das denke ich auch Uwe. Also bis später".

Hartmut Wunder war der Chef des Bremen Norder Teams. Er war von großer Statur, kräftig und hatte eine Glatze – sein Markenzeichen. Sein Erscheinen ließ sofort alle Gespräche im Raum verstummen. Er strahlte eine natürliche Autorität aus, die seiner langjährigen Erfahrung in der Polizeiarbeit geschuldet war. Er wurde von allen Mitarbeitern sehr geschätzt, als gerechter, aber auch harter Chef.

Als Hanna ins Büro zurückkehrte war Kai noch nicht wieder zurück von seinem Ausflug ins Übergangswohnheim. Dafür traf sie aber Peter Borchers, der ihr versprach sich sofort an die Arbeit zu machen, um etwas über das Brandzeichen herauszufinden. Hanna ging ins Büro, nicht ohne eine dampfende Tasse Kaffee mitzunehmen und setzte sich an ihren Schreibtisch. Ihr Telefon klingelte.

„Hanna Wolf, Kripo Bremen."

„Hallo Hanna, hier ist Till."

„Till! Sag mal ist Kai noch bei euch im Haus?"

„Nein, er ist vor einer viertel Stunde raus, darum rufe ich an. Ich habe gerade mit der ZASt gesprochen, der Zentralen Aufnahmestelle für Asylbewerber. Ich weiß jetzt wo ihr Jamal Bakir finden könnt. Das ist der junge Mann, mit dem sich Nabeel am Tag seines Verschwindens treffen wollte.

„Das ist super Till", Hanna zückte ihren Stift.

„Er war bis letzte Woche im ÜWH West in Bremen Walle untergebracht. Von da ist er dann in eine eigene Wohnung gezogen. Die Adresse ist die Clamersdorfer

Straße 410. Das ist in Bremen Nord, im Ortsteil Schönebeck."

„Danke Till. Dann werden wir Herrn Bakir mal einen
Besuch abstatten."

Hanna lehnte sich in ihrem Stuhl zurück und nahm
einen Schluck von ihrem Kaffee. Durch die offene
Tür sah sie Kai, der gerade ins Büro kam. Er wurde
von Hartmut abgefangen und die beiden unterhielten
sich. Hanna stand auf und gesellte sich zu den beiden.

„Ach Hanna, gut dass sie kommen. Ich wollte sowieso gerade zu ihnen ins Büro."

„Guten Morgen Hartmut."

„Ich habe es schon Kai erzählt. Wir treffen uns in einer halben Stunde im Konferenzraum. Ich möchte alles zu dem neuen Fall wissen. Also bis gleich."

So schnell wie er gekommen war, verschwand Hartmut Wunder wieder in sein Büro und schloss die Tür.

„Hast du Neuigkeiten?", Hanna schaute gespannt zu
Kai.

„Nicht viel, Hanna. Ich habe mit Hussein Bukra gesprochen. Er hat Nabeel vorgestern Abend das letzte Mal gesehen. Sie hatten für die Deutschprüfung zusammen gelernt, die gestern Morgen in der Stadt stattgefunden hat und zu der Nabeel nicht erschienen ist. Sie haben sich am Abend gegen 17 Uhr das letzte Mal gesehen. Danach hat er nichts mehr von Nabeel gehört. Er wollte sich aber am selben Abend mit einem Freund treffen und dort übernachten. Einen gewissen Jamal Bakir."

„Till hat kurz bevor du reingekommen bist angerufen. Er hat die Adresse von Jamal Bakir ausfindig machen können."

„Oh, das ging schnell. Dann werden wir ihn nach der Sitzung mal besuchen."

„So meine Herrschaften. Dann will ich jetzt mal alles was ihr bisher habt von dem neuen Fall wissen. Wer will anfangen?"

Hartmut schaute gespannt in die Runde.

„Dann fange ich mal an", Kai stand auf und ging an die große Tafel um Details anzuschreiben.

„Also unser Tote heißt Nabeel Raham und war 27 Jahre alt. Ursprünglich kommt er aus Syrien, aus Al - Hasaka und ist hier in Bremen am 25.05.2020 angekommen. Er hat im Übergangswohnheim Nord gelebt und ist dort vorgestern Abend gegen 17 Uhr das letzte Mal lebend gesehen worden von seinem Freund Hussein Bukra, der auch in diesem ÜWH wohnt. Sie hatten zusammen für eine Prüfung gelernt, die gestern Morgen stattgefunden hat und zu der Nabeel nicht erschienen ist.

Er wurde dann gestern Morgen tot am Bahngleis in St. Magnus von einer Gruppe Jugendlicher auf dem Weg zur Schule gefunden. Ein vermuteter Selbstmord hat sich noch am Fundort nicht bestätigt.

Ich komme gerade aus dem ÜWH Nord und habe dort mit seinem Freund Hussein Bukra gesprochen. Er hat erzählt, dass Nabeel nachdem sie sich vorgestern Abend verabschiedet hatten, zu einem Freund fahren und dort übernachten wollte. Sein Name ist Jamal Bakir, er kommt ebenfalls aus Syrien, Al - Hasaka. Laut Hussein kennen sich die beiden, da sie gemeinsam mit einem Boot aus der Türkei auf die Insel Lesbos übergesetzt sind. Die Adresse von Jamal Bakir haben wir gerade von Till bekommen, der im ÜWH Nord arbeitet. Hanna und ich werden ihn heute Nachmittag aufsuchen. Es gibt noch einen weiteren Namen und zwar Sami Madrasa, ebenfalls aus Syrien, aber aus Aleppo. Auch er war in dem Boot nach Griechenland, in dem Nabeel und Jamal waren. Zumindest Nabeel war wohl sehr gut befreundet mit ihm. Er wohnt laut Hussein aber nicht in Bremen. Aufenthaltsort bisher unbekannt. Hussein hat sowohl Sami Madrasa als auch Jamal Bakir auf einem Foto identifiziert, welches die Gruppe zeigt, die zusammen mit dem Boot die Überfahrt gemacht haben. Das war es erstmal von unserer Seite."

Kai schrieb noch die letzten Infos an die Tafel, dann setzte er sich wieder hin.

„Danke Kai. Was gibt es bei dir Uwe?"

„Viel kann ich noch nicht sagen. Der Tote hat zwei Messereinstiche. Ein Stich befindet sich am Rücken auf der Höhe der rechten Niere. Dieser Stich war nicht tödlich. Der zweite Stich ging direkt ins Herz und war sofort tödlich. Das Messer hatte eine Klinge mit einer Breite von ungefähr vier Zentimeter. Die Einstichstellen sind zwischen 10 und 12 Zentimeter tief, darum denke ich, dass die Klinge mindesten 12 Zentimeter lang sein muss. Es handelt sich um eine Klinge mit Sägezähnen, ähnlich wie ein Brotmesser sie hat. Am Körper des Toten haben wir ein Tattoo gefunden, in Form von arabischen Schriftzeichen. Übersetzt bedeutet das Wort „Freiheit". Hinten am Hals, direkt am Haaransatz habe ich dann eine Art Branding gefunden, wie man es sonst nur beim Zuchtvieh kennt. Es zeigt die Zahl 77, ebenfalls in arabischen Schriftzeichen. Das Tattoo ist auf alle Fälle älteren Ursprungs. Die Inhaltsstoffe der Tinte sind in Deutschland nicht zugelassen, darum gehe ich davon aus, dass es wahrscheinlich noch in Syrien gemacht wurde. Über die Bedeutung des Branding kann ich bisher nichts sagen. So etwas habe ich in der Form noch nicht gesehen. Blutergebnisse und die Ergebnisse der Gewebeproben sind noch nicht da. Das war es von meiner Seite."

„Danke Uwe. Gibt es schon was von der KTU?", Hartmut wandte sich an Thomas Balke und Britta Helms. Thomas nickte Britta zu und forderte sie damit auf zu berichten.

„Wir konnten einige Fußspuren am Tatort sicherstellen. Am Anfang der Brücke waren es viele verschiedene. Es sah aus, als wären sie hin und her gelaufen. Diese konnten wir eindeutig der Schülergruppe zuordnen, die den Toten gefunden hat. Die Fußspuren befanden sich teilweise auf dem sandigen Asphalt und es gab auch Fußspuren aus dem Blut vom Tatort, die von der Brücke wegführten.

Dann ganz interessant, ungefähr zwei Meter von der Stelle entfernt, von der wir glauben, dass der Mann von dort von der Brücke gefallen oder gestoßen wurde, gab es auch einige Fußspuren. Nach unseren

Untersuchungen handelt es sich hierbei um Fußspuren von drei Personen in den Größen 40-42. Die Schuhgröße 41 können wir anhand des Profils dem Toten zuordnen. Also haben die Täter, denn es scheinen mindestens zwei gewesen zu sein, vermutlich die Schuhgröße 40 und 42. Es sieht aus, als hätte dort ein Kampf stattgefunden, der sich dann bis zur besagten Stelle am Brückengeländer verlagert hat. Am Brückengeländer haben wir diverse Fingerabdrücke gefunden, die Zuordnung läuft noch. Sie könnten also von den Tätern, vom Opfer und auch von Menschen stammen, die das Geländer schon vorher angefasst haben. Dann gibt es noch Teilabdrücke von Fußspuren aus Blut. Diese gehören zu zwei verschiedenen Fußspuren. Sie führen die Brücke runter bis zum Blindengarten. Dort enden sie abrupt. Wir gehen davon aus, dass dort ein Auto gestanden hat, in das sie eingestiegen sind.

Die Blutspuren gleichen wir gerade mit denen des Opfers ab. Aber auch da gibt es noch keine Ergebnisse. Vom Tatwerkzeug, dem Messer fehlt bisher jegliche Spur."

„Das hört sich doch schon mal ganz vielversprechend an." Hartmut schaute zufrieden in die Runde.

„Gibt es sonst noch was?"

„Ich bin gerade dabei herauszufinden was es mit dem Branding, der 77 auf sich haben könnte", meldete sich Peter zu Wort. „Bisher habe ich aber noch nichts gefunden."

„Sehr schön. Dann war es das wohl erstmal für den ersten Tag. Unser nächstes Treffen, morgen zur selben Zeit."

Hartmut stand auf und verließ den Raum.

5.

Es war bereits stockdunkel und die Wärme des Tages wich langsam der nächtlichen Kühle. Die beiden Männer saßen auf einer Bank am Utkiek, direkt am Fähranleger am Vegesacker Hafen. Die Gaststätten in der Umgebung hatten bereits geschlossen. Nur im „Fährhaus" brannte noch Licht. Durch das Fenster sah man einen Mann an der Bar sitzen, der sich an seinem letzten Glas Bier festhielt. Aus der Ferne hörte man das leise Tuckern eines großen Containerschiffes, welches sich langsam der Stelle näherte, an der die beiden Männer saßen. Von der Weserpromenade her, in Höhe des Stadtgartens, wehte leises Gelächter herüber und ein Hund bellte. Trotz der späten Stunde hatte sich ein Pärchen herausgetraut und ging mit ihrem Hund spazieren.

„Wie lange wollen wir noch warten?"

„Keine Sorge, er wird kommen."

Der erste Mann stand auf und ging nervös hin und her. Er schaute hoch zu einem großen blanken Walkiefer, der drohend auf dem Platz in die Höhe ragte. Die Bank auf der sie saßen gehörte zu einer Reihe von Bänken, die im Kreis vor einem Walkiefer aufgebaut waren. Im Kreis war eine Art Kompass gepflastert worden und rund herum konnte man die Namen von Städten lesen, mit einer Kilometerangabe der Entfernung von diesem Platz aus. So war es zum Beispiel 2046 km nach Athen.

Der Mann ging einmal komplett um den „Kompass" herum und las die Namen aller Städte laut vor.

„Sei still jetzt!", zischte der zweite Mann.

Auch er war jetzt aufgestanden und schaute auf seine Uhr. Sein Blick schweifte über das Wasser. Die Wellen, die das Containerschiff verursacht hatte erreichten das Ufer der Weser, während man das Schiff nur noch von hinten sah. Auf der anderen Seite der Weser legte die Fähre ab, die zwischen dem Anlegeplatz in Lemwerder und Vegesack pendelte.

„Wenn er mit dieser Fähre nicht kommt, gehen wir", sagte er. Das Pärchen mit dem Hund kam jetzt näher, bog aber dann in die Straße Zur Vegesacker Fähre ab, die Richtung Innenstadt und Vegesacker Bahnhof führte. Die Männer waren erleichtert. Sie konnten keine Zuschauer gebrauchen.

Ein paar Minuten später knallte die Auffahrrampe der Fähre gegen den Anleger und der Mitarbeiter der Fähre gab den Weg für die Autos und Fußgänger frei. Die beiden Männer beobachteten von ihrer Bank das Geschehen und warteten.

„Er kommt nicht. Ich wusste es", sagte der erste Mann.

„Lass uns gehen!"

In diesem Moment trat eine Gestalt hinter dem Gebüsch hervor und kam auf die beiden Männer zu. Er nickte kurz, zog einen Umschlag aus seiner Manteltasche und hielt ihn einen der Männer hin.

„Die andere Hälfte gibt es, wenn der Auftrag komplett erledigt ist."

Schweigend zählten die Männer das Geld und nickten dem Unbekannten zu.

„Man war übrigens sehr zufrieden mit eurer Arbeit. Bringt es gut zu Ende und taucht dann für eine Weile ab!"

„Alles klar, danke."

So schnell wie er gekommen war verschwand der Mann wieder und sprang auf die Fähre, die in diesem Moment wieder ablegte, um sich zurück über die Weser auf den Weg nach Lemwerder zu machen.

„Hier muss es sein."

Kai brachte das Auto vor einem Hochhaus in der Clamersdorfer Straße zum Stehen.

„Es muss das Hochhaus hinter diesem sein.", sagte Hanna.

„Hier ist Nummer 408, dann ist dahinter wohl Nummer 410."

Sie stiegen aus und schauten sich die Gegend an. Die Clamersdorfer Straße war eine Art Ringstraße. Sie ging von der Schafgegend ab und führte einmal im

Kreis, bis sie wieder auf die Schafgegend traf. Hier war ein gemischtes Wohngebiet aus Reihenhäusern, kleinen dreistöckigen Mehrfamilienhäusern und auch einigen Einfamilienhäusern. Am Anfang der Straße gab es ein kleines syrisches Lebensmittelgeschäft und ein wenig weiter war ein Spielplatz, der trostlos dahinvegetierte. Durch das fahle Licht des wolkenverhangenen Himmels wirkte alles noch trostloser, als es sowieso schon war.

„Dann lass uns mal!"

Kai verschloss das Auto und beide machten sich auf den Weg zu dem Hochhaus mit der Hausnummer 410. Es dauerte einige Zeit bis sie den Namen auf den vielen Klingelschildern gefunden hatten.

„J. Bakir", las Hanna vor und klingelte.

Es klickte und eine Stimme fragte wer dort sei.

„Guten Tag Herr Bakir. Wir sind Kai Siemer und Hanna Wolf von der Bremer Kripo. Wir möchten gerne mit ihnen sprechen. Können wir hochkommen?"

Für einen kurzen Moment herrschte Schweigen. Dann ging der Summer und die Stimme sagte: „Einmal in die siebte Etage bitte. Der Fahrstuhl ist leider kaputt."

Oben angekommen musste Hanna erstmal durchatmen.

„Ich habe definitiv zu wenig Sport gemacht in letzter Zeit", lachte sie.

Kai war nicht weniger außer Atem, als er sich am Geländer die letzte Treppenstufe hochzog. Eine der drei Türen auf dieser Etage war nur angelehnt und öffnete sich jetzt langsam. Ein junger Mann erschien an der Tür und lächelte schüchtern.

„Sind sie Jamal Bakir?" Hanna lächelte dem jungen Mann zu.

„Ja, das bin ich."

„Wir möchten mit ihnen über ihren Freund Nabeel Raham sprechen. Können wir reinkommen?"

Jamal nickte und bat Hanna und Kai in seine Wohnung zu kommen.

„Möchten sie etwas trinken?"

„Nein, danke. Machen sie sich keine Umstände", erwiderte Kai.

„Das macht keine Umstände. Einen Eistee vielleicht?" Hanna und Kai schauten sich an und nahmen in Anbetracht des warmen Wetters dankend an.

„Wie kann ich ihnen helfen?", fragte Jamal Bakir, als er drei Gläser Eistee auf den Tisch abgestellt hatte und Hanna und Kai bat sich zu setzen.

„Wir sind wegen ihres Freundes Nabeel Raham hier", sagte Hanna.

„Was ist mit Nabeel?"

„Herr Bakir. Wir müssen ihnen leider mitteilen, dass Herr Raham gestern Morgen tot aufgefunden wurde." Jamal wurde bleich, hatte sich aber schnell wieder im Griff.

„Was ist passiert?", fragte er mit schwacher Stimme.

„Er wurde gestern Morgen tot am Bahnhof St. Magnus aufgefunden. Er ist ermordet worden. Es tut uns sehr leid."

Kai legte seine Hand auf Jamals Schulter, um ihm Kraft zu geben.

„Weiß man schon was passiert ist und wer ihm das angetan hat?"

„Nein, leider wissen wir noch nicht viel. Darum sind wir hier", sagte Hanna.

„Von einem Freund aus dem Wohnheim wissen wir, das er vorgestern Abend mit ihnen verabredet war und in ihrer Wohnung übernachten wollte, bevor er am nächsten Morgen zu seiner Deutschprüfung in die Stadt fahren wollte. War er an dem Abend bei ihnen?" Jamal schaute Hanna an und schien sich wieder etwas gefasst zu haben.

„Ja, er kam so gegen 18 Uhr zu mir. Wir haben zusammen gekocht und dann gegessen."

„Und hat er bei ihnen übernachtet?", fragte Kai.

„Nein. Eigentlich war es so geplant gewesen, aber dann bekam er einen Anruf."

„Wissen sie wer der Anrufer war?"

„Es war ein Freund aus Syrien, sein Name ist Ahmad. Nabeel, Ahmad und ich waren zusammen in der Armee in Syrien. Unsere Einheit war in Al - Hasaka."

„Was passierte dann?"

„Dann sagte er mir, dass er dringend weg müsste, da Ahmad irgendwelche Probleme hätte und ihn unbedingt treffen wollte. Dann ist er gegangen. Seitdem habe ich nichts mehr von ihm gehört."

„Wann ist er gegangen?"

„Er ist dann sofort aufgebrochen. Es war genau 20 Uhr. Ich weiß das, weil im Fernsehen gerade die Nachrichten anfingen, die wir zusammen schauen wollten."

„Wissen sie, wo wir diesen Ahmad erreichen können?", fragte Kai und zückte sein Notizbüchlein.

„Nein, ich wusste nicht mal, dass er in Deutschland ist. Wir dachten bis zu dem Tag, dass er sich immer noch in Syrien aufhält. Er war später in eine andere Einheit versetzt worden, nach Damaskus. Sein Name ist Ahmad Said."

Kai notierte den Namen und machte sich zu dem was Jamal erzählte einige Notizen.

„Wissen sie zufällig wann ihr Freund geboren ist", fragte Hanna, in der Hoffnung ihn dann über die ZASt ausfindig machen zu können.

„Er müsste jetzt 30 Jahre alt sein. Ich glaube er hat am 3. August Geburtstag."

„Kennen sie zufällig auch einen Sami Madrasa?", fragte Hanna.

„Soviel ich weiß, war er auf der Flucht nach Deutschland auf dem Boot dabei, welches sie benutzt haben um von der Türkei nach Lesbos überzusetzen."

„Ja, Sami kenne ich natürlich. Er kommt aus Aleppo und war auch in der Armee. Aber nicht in derselben Einheit wie Nabeel und ich. Ich habe kaum noch Kontakt zu ihm, aber Nabeel war sehr eng mit ihm."

„Wissen sie, wo wir ihn finden können?"

„Er wohnt in Köln. Mehr weiß ich nicht."

„Danke, sie haben uns sehr geholfen."

Kai und Hanna bedankten sich für das kühle Getränk und verabschiedeten sich von Jamal. Er hatte ihnen das Versprechen abgerungen, dass sie ihn informieren würden, wenn es Neuigkeiten zum Tod von Nabeel geben würde und er würde sich melden, wenn ihm noch etwas Wichtiges einfallen würde.

Hanna und Kai saßen im Auto und Kai hatte seinen Notizblock herausgeholt, um nochmals die Details durchzugehen, die Jamal ihnen erzählt hatte.

„Lass uns ins Büro zurückfahren", sagte Hanna zu Kai.

„Wir müssen versuchen etwas über Ahmad Said herauszufinden und vielleicht gibt es auch schon Neuigkeiten."

„Ich gehe davon aus, dass sich Ahmad Said in Bremen aufhält", Kai schaute zu Hanna und verstaute seinen Notizblock in seiner Jackentasche.

„Das mag sein Kai. Aber Nabeel hätte ihn auch woanders treffen können."

„Du hast Recht. Also los, ab aufs Revier".

Jamal beobachtete von seinem Fenster aus wie Kai und Hanna losfuhren. Dann ging er zu seinem Wohnzimmerschrank, bückte sich und entfernte einen Briefumschlag von der Unterseite des Schrankes, welcher dort mit doppelseitigem Klebeband befestigt war. Dann nahm er sein Handy und wählte.

„Hallo? Ich bin es, Jamal. Es hat Nabeel erwischt. Er ist tot. Aber sie haben bei Nabeel nichts gefunden. Die Informationen sind bei mir und sicher. Was soll ich jetzt tun?"

„Was ist passiert?"

„Es ist Ahmad. Er ist hier in Deutschland, in Bremen."

„Du musst untertauchen, so schnell wie möglich. Weißt du, ob er alleine operiert?"

„Nein, das weiß ich nicht. Er hat Kontakt zu Nabeel aufgenommen, vorgestern Abend. Nabeel wollte sich dann mit ihm treffen. Er hatte ihn um Hilfe gebeten, weil er neu in Bremen ist. Ich weiß nicht, warum ich das zugelassen habe. Ich hätte wissen müssen, was er vorhat. Mein Gott, wir waren so dumm. Die Polizei war gerade hier. Sie haben Nabeel gestern Morgen tot aufgefunden. Er ist erstochen worden. Mehr weiß ich noch nicht."

„Bist du dir sicher, dass Ahmad für seinen Tod verantwortlich ist?"

„Nicht zu hundert Prozent. Aber das wären zu viele Zufälle. Ahmad taucht wieder auf, will sich mit Nabeel treffen und dann wird er ermordet."

„Du hast Recht. Die Wahrscheinlichkeit ist groß. Gibt es einen sicheren Platz für dich, wo du dich verstecken kannst?"

„Ich habe einen Freund hier in Bremen. Er ist verreist und hat mir die Schlüssel zu seiner Wohnung gegeben."

„Gut. Gehe dort jetzt sofort hin und verlasse die Wohnung nur im Notfall. Ich melde mich wieder über diese Nummer. Beeil dich."

Jamal packte in Windeseile die nötigsten Dinge in einen kleinen Rucksack, schaltete sein Handy aus und verließ die Wohnung. Vor der Haustür blieb er stehen und atmete zwei Mal tief durch. Die Straße war ruhig, wie ausgestorben. Die meisten Menschen hielten sich in der Mittagshitze in ihren Wohnungen auf. Jamal ging die Clamersdorfer Straße entlang bis zu dem kleinen syrischen Lebensmittelladen am Ende der Straße. Der junge Mann hinter der Ladentheke begrüßte Jamal.

„Marhaba, geht es gut?"

„Ja, bei mir ist alles gut. Ich hoffe bei dir auch", antwortete Jamal freundlich.

Die beiden kannten sich von den wöchentlichen Einkäufen recht gut.

„Viel Arbeit, aber hier ist auch alles gut. Was kann ich für dich tun?"

Jamal kaufte das Nötigste für die nächsten Tage ein und verabschiedete sich rasch. Er wollte sich heute auf keine langen Gespräche einlassen, hatte es eilig. An der Vegesacker Heerstraße stieg er in den Bus, der ihn bis zum Vegesacker Bahnhof bringen sollte und setzte sich mit tief ins Gesicht gezogenem Cappy in die letzte Reihe. Am Bahnhof stieg er aus und ging in die Friedrich-Klippert-Straße hoch zur Grohner Düne, einer großen Wohnanlage im Herzen von Vegesack. Es war nur ein Fußweg von fünf Minuten bis zur Wohnung seines Freundes Mohammed. Er schloss die Tür auf und entschloss sich durch das Treppenhaus bis in die elfte Etage zu laufen.

Oben in der Wohnung fühlte er sich besser. Er war sich sicher, dass ihm keiner gefolgt war. Mit einem heißen Tee in der Hand trat Jamal ans Fenster, von dem aus man weit über Vegesack schauen konnte. Direkt vor dem Gebäude war eine Großbaustelle. Das Einkaufszentrum, welches hier gestanden hat, das Haven Hööft war vor einigen Monaten abgerissen worden und das Areal lag seitdem brach. Er konnte bis auf die Weser blicken, sah den Hafenwald und den alten Museumshaven, in dem viele alte Schiffe lagen. Auf dem Spielplatz im Hafenwald herrschte ein reges Treiben. Auf den Bänken saßen viele Mütter und Väter und beobachteten ihre Kinder beim Spielen auf dem hölzernen Spielschiff. Er würde hierbleiben und sich nicht rühren die nächsten Tage. Essen hatte er mindestens für eine Woche und um den Bahnhof herum gab es viele kleine arabische Läden und einen Supermarkt.

Auf dem Revier in Lesum saßen Hanna und Kai in der Kantine. Sie hatten den ganzen Tag noch nichts gegessen und darum war ihr erster Weg direkt dorthin gewesen. Sie hatten Peter beauftragt etwas über Ahmad Said herauszufinden.

„Was meinst du Hanna, hat Jamal schon gewusst, dass Nabeel tot ist?"

„Ich glaube nicht Kai. Aber vielleicht war er nicht ganz überrascht darüber, dass ihm etwas passiert war."

„Wie kommst du darauf, Hanna?"

„Ich weiß nicht. Seine Augen hatten nicht denselben Ausdruck wie von Menschen, die völlig überrascht und entsetzt über eine Tat sind."

„Glaubst du er weiß mehr als er uns gesagt hat?"

„Das glaube ich nicht, aber ich kann es nicht genau sagen. Was meinst du?"

„Ich denke, wir sollten Ahmad Said finden. Er könnte der letzte gewesen sein, der Nabeel lebend gesehen hat."

Wieder im Büro angekommen wurden Hanna und Kai schon von Peter erwartet, der Neuigkeiten hatte.

„Ich habe etwas zu dem Branding herausgefunden. Vor drei Jahren gab es schon einmal einen Mord an einem jungen syrischen Mann in Kiel. Dieser hatte auch dieses Branding am Haaransatz.", erzählte Peter und zeigte ein Foto davon, welches auf dem Computer zu diesem Fall gespeichert war.

„Leider hat man auch in diesem Fall nicht herausgefunden, was es für eine Bedeutung hat."

„Das ist interessant, Peter", sagte Hanna.

„Das könnte auf alle Fälle bedeuten, dass dies eine syrische Geschichte mit dem Branding ist. Aus welcher Stadt kam der Tote?", fragte Kai.

„Moment, ich schau mal eben. Hier haben wir es. Er kam aus Al - Hasaka und war ebenfalls in der Armee. Aber der Fall wurde nie aufgeklärt. Ich rufe da mal an. Vielleicht erfahre ich noch ein paar Einzelheiten.“

„Gute Idee Peter. Wir sollten nochmal Jamal besuchen“, sagte Hanna zu Kai.

„Vielleicht hat er eine Idee, was dieses Zeichen bedeutet oder hat es sogar selber. Denn auch er war in der Armee und kommt aus Al - Hasaka.“

„Ach, über Ahmad Said habe ich bisher nichts herausgefunden. Den Namen gibt es alleine zehn Mal in Bremen und mit dem Geburtsdatum, welches Jamal euch genannt hat, gibt es leider keinen Eintrag“

„Damit dürfte es sehr schwer werden ihn ausfindig zu machen“, Hanna wandte sich zu Kai.

„Sag mal, der neue Kollege oben im Team von Hannes, kommt der nicht auch aus Syrien und war dort in der Armee?“

„Stimmt, warum?“

„Ich werde ihn mal das Branding zeigen. Vielleicht weiß er was damit anzufangen. Ich komme gleich wieder." Hanna verschwand ins Treppenhaus.

Kai versuchte während dessen Jamal telefonisch zu erreichen. Aber das Handy schien ausgestellt zu sein.

Peter hatte inzwischen bei den Kollegen in Kiel angerufen. Der Fall zeigte viele Parallelen zum Bremer Fall auf. Der junge Mann hatte ebenfalls einen Anruf erhalten und wollte sich mit einem alten Freund treffen. Einen Tag später wurde er tot aufgefunden. Leider konnte man den Namen des Freundes nie rausfinden. Der Fall ruhte zurzeit.

Als Hanna wieder ins Büro kam, sah Kai schon an ihrem Gesichtsausdruck, dass sie nichts erfahren hatte.

„Also der Kollege Jared aus dem Team von Hannes kannte diese Art von Branding. Aber er sagt, dass dies in der syrischen Armee oft so gemacht wird. Es ist so eine Art Ritual unter den Einheiten. Wahrscheinlich war Nabeel in der Einheit 77."

„Ach schade", sagte Kai.

„Obwohl, wenn es der Name der Einheit war, dann war unser Tote und der Tote aus Kiel höchstwahrscheinlich in derselben Einheit."

„Stimmt, darüber habe ich noch gar nicht nachgedacht. Wir sollten schnellstmöglich ein Treffen mit den Kollegen aus Kiel vereinbaren. Ich bespreche das mit Hartmut und danach fahre ich nachhause. Wir sehen uns morgen, Kai."

6.

Langsam drehte er den Schlüssel im Schloss um und öffnete die Tür. Ganz vorsichtig huschten die beiden Männer in die Wohnung und schlossen die Tür leise hinter sich. Die Wohnung war stockdunkel und so benutzte der Mann sein Handy als Taschenlampe.

„Komm", sagte er zu dem anderen Mann und beide bewegten sich ganz langsam durch den Flur. Sie kamen in ein großes Zimmer, das einzige Zimmer in dieser Wohnung und leuchteten den Raum ab.

„Das Vögelchen ist ausgeflogen."

„Sieht nach einem eiligen Aufbruch aus", sagte der erste Mann.

„Das Geschirr steht noch auf den Tisch. Er muss besuch gehabt haben."

Er bückte sich und hob zwei Klebestreifen vom Fußboden auf, die direkt unter dem Wohnzimmerschrank lagen. Zwei weitere klebten noch an der Unterseite des Schrankes. Wissend schauten sich die Männer an und nickten.

„Er wurde gewarnt, eindeutig. Das wird dem Chef nicht gefallen."

Routiniert suchten die beiden Männer die restliche Wohnung ab. Auf der Anrichte lag ein Block. Der erste Mann leuchtete mit dem Handy darauf. Es waren Abdrücke zu erkennen auf dem Blatt, von dem was auf dem Blatt davor geschrieben worden war.

„Hast du mal einen Bleistift?", fragte er seinen Begleiter.

Ganz langsam kam das Geschriebene zum Vorschein. Die Männer schauten sich an und grinsten.

Als Kai am nächsten Morgen ins Büro kam, war Hanna schon da. Kai hatte an diesem Tag schon sehr früh einen Termin beim Hausarzt zur Blutentnahme gehabt und so war Hanna von Till gebracht worden.

Hanna sprach gerade am Telefon, als Kai mit zwei Tassen Kaffee in ihr Büro kam.

„Ich habe gerade mit den Kollegen in Kiel gesprochen. Morgen kommt das Team, welches den Fall bearbeitet nach Bremen."

„Das ist gut. Gibt es schon die Ergebnisse der Blut- und Gewebeproben?"

„Ich habe noch nichts gehört, aber da kommt Uwe. Fragen wir ihn doch gleich mal."

Kai steckte den Kopf aus der Bürotür.

„Moin Uwe. Du wolltest sicherlich zu uns."

„Ja, ich habe die Blutergebnisse bekommen. Ich hole mir nur noch eben einen Kaffee, dann komme ich zu euch."

Fünf Minuten später saßen die drei zusammen an dem kleinen Tisch in Hannas Büro und Uwe breitete seine Laborergebnisse vor sich aus.

„Also im Blut von dem Toten war nichts Auffälliges zu finden, das war in Ordnung. Die Blutproben vom Tatort gehören zwei verschiedene Personen. Eine Blutspur gehört zu unserem Opfer und die andere Blutprobe muss zum mutmaßlichen Täter gehören. Wahrscheinlich wurde dieser beim Kampf ebenfalls verletzt. Wir haben dasselbe Blut auch an der Stelle gefunden, an der wir vermuten, dass dort das Auto gestanden hat und auch unter den Fingernägeln des Opfers zusammen mit den Gewebeproben. Das Opfer muss also mit seinem Mörder gekämpft haben."

„Ok, das bringt uns leider nicht viel weiter", Hanna schaute auf ihre Uhr.

„Aber warten wir mal, was es auf unserem Meeting später für Neuigkeiten gibt."

Das Telefon klingelte und Hanna nahm den Hörer ab. Als sie wieder auflegte legte sich ein Lächeln über ihre Lippen.

„Kinder haben in der Nähe des Tatortes ein Messer im Gebüsch gefunden und es ihren Eltern erzählt."

„Und?", fragten Kai und Uwe im Chor.

„Die Eltern haben die Polizei informiert und die Kollegen sind auf dem Weg, um das Messer abzuholen und zu uns auf das Revier zu bringen.

Hanna und Kai warteten aufgeregt mit Britta Helms und Thomas Balke in dessen Labor auf das Eintreffen des Messers.

„Ich will eure Freude über den Fund des Messers ja nicht schmälern", sagte Thomas, „aber noch wissen wir nicht, ob es sich tatsächlich um die Tatwaffe handelt."

„Ja ich weiß Thomas. Aber die Wahrscheinlichkeit ist doch recht groß", sagte Kai und lief unruhig durch den Raum.

Keine zehn Minuten später trafen die zwei Beamten mit dem Messer im Labor ein und übergaben es an Britta, die es vorsichtig unter den neugierigen Blicken von Hanna und Kai auspackte.

Thomas hatte sich Handschuhe übergestreift und nahm Britta das Messer für eine erste Inspektion ab.

Sein geschultes Auge inspizierte das Messer genau.

„Also, das könnte schon hinkommen", er schaute Kai und Hanna vielsagend an.

„Die Klinge entspricht der Klinge des Messers, mit dem das Opfer erstochen wurde."

Britta kam mit einem Maßband und maß die Klinge aus.

„Genau 15 Zentimeter lang und vier Zentimeter breit." Sie schaute Thomas an.

„Und schau hier!" Britta zeigte auf eine kleine bräunliche Stelle an der Klinge des Messers.

„Das könnte Blut sein."

Vorsichtig kratzte sie etwas von der bräunlichen Verfärbung ab und ließ es auf einen Objektträger rieseln.

„Ich gehe sofort ins Labor zur Analyse. Wenn es sich um Blut des Opfers handelt, dann haben wir Gewissheit."

Sie verschwand in ein kleines Labor und schloss die Tür hinter sich.

„Die Art der Klinge stimmt ebenfalls, oder nicht?"

Kai zeigte auf die kleinen Sägezähne, wie bei einem Brotmesser.

„Ja, das könnte hinkommen. Aber lasst uns jetzt erstmal abwarten, was bei der Analyse des Blutes herauskommt.", sagte Thomas.

Thomas nahm das Messer, ging zu seinem Arbeitsplatz.

„Ich werde den Griff des Messers jetzt noch auf Fingerabdrücke untersuchen und dann sehen wir uns später beim Meeting."

Kai und Hanna verließen das Labor.

„Und wir machen uns jetzt nochmal auf den Weg zu Jamal. Ich habe ein ungutes Gefühl. Das schaffen wir noch knapp bis zum Meeting", sagte Kai zu Hanna

„So Leute, was gibt es Neues in unserem Fall?"
Hartmut klatschte in die Hände um die Aufmerksamkeit aller zu bekommen.

„Ich habe es leider etwas eilig heute. Meine Tochter ist krank und ich muss meine Enkelin Jana vom Sport abholen."

„Also, dass morgen die Kollegen aus Kiel kommen weißt du ja bereits", sagte Hanna.

„In der Nähe des Tatortes wurde ein Messer gefunden. Kinder haben es beim Spielen im Gebüsch entdeckt. Es ist bereits im Labor und wir haben es uns auch schon angeschaut. Aber da gebe ich mal an Thomas weiter." Hanna nickte Thomas zu.

„Ja das Messer", er blätterte in seiner Mappe und holte ein Foto des Messers raus, welches er an das Whiteboard pinnte.

„Die Klinge des Messers ist genau 15 Zentimeter lang und vier Zentimeter breit und passt exakt zu den Einstichstellen des Opfers. An der Klinge haben wir eine bräunliche Substanz gefunden, die im Moment von Britta im Labor untersucht wird. Ich kann aber schon mal so viel sagen, dass es sich bei dieser Substanz um Blut handelt. Ob es sich dabei um das Blut unseres Opfers handelt, kann ich noch nicht sagen. Die Untersuchungen laufen noch."

„Was gibt es bei dir Uwe?"

„Das Blut, welches wir an der Stelle gefunden haben, an der wir vermuten, dass dort das Fluchtauto gestanden hat, stimmt überein mit der zweiten Blutspur am Brückengeländer. Auch unser Opfer hat dieses Blut unter seinen Fingernägeln. Es hat auf alle Fälle ein Kampf gegeben, bei dem sich einer der Täter verletzt haben muss."

„Danke Uwe."

Jetzt erhob sich Kai.

„Der Fall in Kiel weist erhebliche Parallelen zu unserem Fall auf. Beide Opfer wurden kurz vor ihrem Tod von einem alten Freund aus Syrien angerufen, mit dem sie sich dann treffen wollten. Beide Opfer haben ein Branding am Haaransatz hinten am Hals. Jared aus dem Team von Hannes kommt aus Syrien und er sagt, dass diese Zeichen durchaus üblich im Umfeld der Armee in Syrien sind. Da sie aber beide das gleiche Branding haben, liegt die Vermutung nah, dass sie aus derselben Einheit kommen und sich daher kannten. Das sind aber nur Vermutungen. Hanna und ich waren nochmal bei Jamal, aber er war nicht in seiner Wohnung. Wir versuchen es morgen noch einmal. Wir werden ihn mit dem Toten in Kiel konfrontieren. Vielleicht kennt er ihn und wir werden ihn nach dem Branding fragen. Jamal und unser Opfer waren in derselben Einheit."

„Gibt es sonst noch etwas?", Hartmut schaute in die Runde.

„Gut, dann sehen wir uns morgen. Euch allen einen schönen Abend."

Die zwei Männer schlenderten unauffällig an dem großen Gebäude vorbei. Wie zufällig bückte sich der Größere der beiden, als wenn sein Schnürsenkel offen war. Der Kleinere tat so, als würde er auf sein Handy schauen und versuchte das Schild zu lesen, welches am Tor vor dem Gebäude aufgehangen war und machte unauffällig ein Foto davon. Danach gingen sie weiter bis zu der Bushaltestelle, die direkt vor dem Haus war und setzten sich auf die Bank.

„ÜWH Nord", las der Mann vor.

„Meinst du, dass er sich hier versteckt hat?"

„Dies ist die Adresse, die wir bei ihm zuhause gefunden haben."

„Wie wollen wir herausfinden, ob er in dem Haus ist, ohne dass man uns entdeckt?"

„Ich gehe jetzt zu der Tankstelle am Ende der Straße und hole uns einen Kaffee. Du bleibst hier und beobachtest das Haus. Am besten du setzt dich dort auf die gegenüberliegende Seite, auf die Bank der Bushaltestelle. Da kannst du den Eingang besser beobachten." „Ok, beeil dich."

Herr Spengemann hatte heute Spätdienst. Er war sehr müde, da seine Frau und er gestern Abend Essen waren. Der Abend war sehr schön gewesen, sodass sie die Zeit vergessen hatten und erst gegen Mitternacht wieder zuhause waren.

Verschlafen schaute er aus dem Fenster auf die Straße. Er hatte noch knapp zwei Stunden vor sich, bevor der Nachtdienst ihn um 24 Uhr ablösen würde.

Er schaute auf die Uhr: „22:10 Uhr, na dann mache ich mal meinen Rundgang durch das Haus."

Während seines Dienstes machte er alle zwei Stunden einen Rundgang durch das Übergangswohnheim. Vom Keller bis in die dritte Etage führte ihn sein Weg, der ungefähr eine halbe Stunde dauerte, je nachdem, ob er Bewohner traf und sich in einem Gespräch aufhielt.

„Ach der Kaffee tut gut. Es ist kühl heute Nacht."

Die beiden Männer standen nun seitlich von dem Gebäude, auf der Auffahrt zum Parkplatz und hielten sich an ihrem Kaffee fest, als sich die Tür des Übergangswohnheimes öffnete und ein Mann in einer Uniform herauskam.

„Vorsichtig da kommt jemand."

Sie taten jetzt so, als wären sie in einem Gespräch vertieft und beobachteten dabei, wie der Mann der Security in dem nächsten Hauseingang verschwand.

„Nimm mal die Zeit, damit wir wissen wie lange er in dem Haus bleibt."

„Und was bringt uns das?"

„Man denk doch mal nach. Wenn er dann weiter geht in den nächsten Eingang, klettern wir blitzschnell über den Zaun und schon sind wir drin. Dann verstecken wir uns im Garten. Irgendwie werden wir schon ins Haus kommen."

„Gute Idee."

7.

Malik lenkte sein Auto auf den Parkplatz des Übergangswohnheimes Nord. Er nahm seine Flasche Wasser und die Brotdose, die ihm seine Frau für die Nacht vorbereitet hatte, stieg aus und ging mit schnellen Schritten um das Haus herum zum Eingangstor und schloss es auf. Im Inneren des Hauses hörte er Geschrei. Die Eingangstür öffnete sich und heraus stürmten zwei Männer. Sie schupsten Malik zur Seite und verschwanden in der Dunkelheit. Malik konnte sich gerade noch am Zaun festhalten, sonst wäre er rücklings umgefallen.

„Hey, was soll das?", rief er den Männern hinterher. Aber sie waren schon auf der anderen Seite in dem kleinen Wäldchen verschwunden.

Schnell rappelte er sich hoch und rannte zur Haustür.

„Jochen! Alles klar? Wo bist du?"

Malik rannte zum Büro der Security. Er sah, dass es leer war.

„Jochen, wo bist du?"

Malik stürzte die Treppe runter in den Keller. Da sah er ihn liegen. Jochen Spengemann lag mit dem Gesicht nach unten in der Küche. Über den Fliesen des Küchenfußbodens rann Blut aus seinem Kopf.

„Jochen!"

Malik kniete sich neben ihn und rief mit seinem Handy den Rettungsdienst an. Dann drehte er seinen Freund Jochen auf die Seite, genauso wie er es bei seinem letzten Ersthelferkurs gelernt hatte und wartete auf die Rettungskräfte.

Die Küche begann sich zu füllen. Durch den Krach waren einige der Bewohner wach geworden und aus ihren Zimmern gekommen, um zu schauen was passiert war.

„Bitte gehe zur Tür und warte auf die Rettungskräfte", rief Malik Massoud zu, einem jungen Syrer, der neugierig den Kopf zur Küche reingesteckt hatte. „Und die anderen gehen bitte alle auf ihre Zimmer."

Sedigha, eine junge Frau aus Afghanistan, kam mit einer Decke angerannt und gab sie Malik.

„Hier, damit kannst du ihn zudecken. Er friert sicherlich."

Sedigha war vor einem halben Jahr aus Kabul gekommen. Sie hatte dort lange Zeit für die USA gearbeitet und hatte das große Glück, dass sie bei Abzug der Amerikaner mit ausgeflogen werden konnte.

Sie sprach Englisch, Farsi, Russisch, Arabisch und Deutsch und übersetzte Maliks Anweisungen an die Bewohner, die sich nur zögerlich aus der Küche zurückzogen.

„Kannst du mir den Erste Hilfe Koffer aus dem Büro der Security bringen, Sedigha?"

„Ja, mache ich", sagte Sedigha und rannte schnell die Treppe hoch ins Büro. Sie kam mit einem kleinen orangen Koffer wieder, der mit einem grünen Kreuz beklebt war.

„Jetzt öffne ihn und hole eine sterile Kompresse heraus."

„Diese hier?"

„Ja, die ist genau richtig."

Sedigha öffnete die Kompresse und gab sie Malik, der sie vorsichtig an die Kopfwunde von Jochen Spengemann drückte.

Aus der Ferne konnte man bereits die Sirenen des Rettungswagens hören.

„Gott sei Dank. Jetzt kommt Hilfe Jochen." Malik atmete erleichtert auf.

Kurze Zeit später kamen drei schwerbepackte Rettungskräfte, geleitet von Massoud die Treppe herunter.

„Was ist passiert?" fragte einer der Männer und kniete sich neben Jochen.

Malik erzählte den Rettungskräften alles was er gesehen hatte.

„Haben sie schon die Polizei informiert?"

„Nein, daran habe ich gar nicht gedacht."

„Dann machen wir das jetzt."

Als Hanna und Kai am ÜWH Nord eintrafen war es bereits zwei Uhr in der Früh. Sie sahen gerade noch wie Jochen Spengemann in den Rettungswagen geschoben wurde.

„Wie geht es ihm?", rief Hanna einem der Rettungssanitäter zu, der gerade die Türen schloss.

„Er wird durchkommen. Er hat eine ziemlich große Platzwunde am Kopf, aber nicht viel Blut verloren, da schnell Hilfe gekommen ist", er zeigte auf Malik, der an der Eingangstür stand und hektisch an seiner Zigarette zog.

„Wir bringen ihn ins Zentralkrankenhaus Nord in Blumenthal."

„Alles klar, danke", sagte Hanna.

„Guten Abend, haben sie den verletzten Mann gefunden?", Kai hielt Malik seine Visitenkarte vor.

„Ja, ich habe ihn gefunden, als ich zum Dienst gekommen bin. Ich habe heute die Nachtschicht."

„Wann beginnt ihre Schicht für gewöhnlich?", fragte Hanna.

„Die Nachtschicht beginnt um 24 Uhr, aber ich komme immer eine viertel Stunde früher. Noch so ein bisschen Quatschen, verstehen sie?"

Malik tippelte von einem Bein auf das andere. Ihm war kalt in seinem dünnen Shirt und ihm ging es nicht gut.

„Können wir im Haus in Ruhe sprechen?"

Hanna hielt dem zitternden Mann die Tür auf, sie merkte das Malik in keiner guten Verfassung war.

„Wir können in mein Büro gehen. Dort ist es auch viel wärmer."

Malik ging vor und Hanna und Kai folgten ihm eine Treppe hoch in den Bürotrakt.

„Wie geht es Jochen, haben die Sanitäter schon etwas gesagt?"

„Er wird durchkommen", beruhigte Hanna ihn.

„Sie bringen ihn jetzt ins Krankenhaus, da wird man sich gut um ihn kümmern."

„Das ist gut", Malik setzte sich an seinen Schreibtisch und schob zwei Stühle für Hanna und Kai zurecht.

„Können sie uns etwas über das was geschehen ist erzählen?", Hanna schenkte Malik ein Glas Wasser ein und schob ihm das Glas hin.

„Nicht viel. Ich habe wie immer hinten auf dem Parkplatz geparkt und bin dann durch das vordere Tor rein. Dann habe ich laute Stimmen von Innen gehört. Im selben Moment ging die Tür auf und zwei Männer stürmten raus, an mir vorbei. Sie haben mich zur Seite geschupst. Ich habe noch hinter ihnen hergerufen, aber da waren sie schon weg.

„Können sie die Männer beschreiben?", fragte Kai und nahm seinen Notizblock aus der Tasche.

„Das ging alles sehr schnell und ich bin dann auch schnell rein, weil ich mir Sorgen um Jochen gemacht habe. Beide waren auf alle Fälle dunkel gekleidet. Nicht sehr groß, ungefähr so groß wie ich würde ich sagen."

„Wie groß sind sie?"

„Ich bin 1.75. Und sie waren beide schlank."

„Welche Haarfarbe hatten die beiden Männer?", fragte Kai.

„Das konnte ich nicht sehen. Ich glaube sie hatten Mützen auf, aber genau kann ich das nicht sagen. Es war stockdunkel. Die Lampe an der Eingangstür ist kaputt."

„Haben die Männer etwas gesagt?"

„Nein, sie haben nicht gesprochen. Es tut mir leid, ich kann ihnen so gar nicht helfen."

„Machen sie sich keine Sorgen. Vielleicht fällt ihnen später noch etwas ein. Kommen sie doch bitte morgen um 11 Uhr auf das Revier, damit wir ihre Aussage aufnehmen können."

Hanna gab Malik ihre Visitenkarte.

„Werden sie jetzt von einem Kollegen abgelöst?"

„Ja, ich habe mit der Zentrale telefoniert, es kommt gleich ein Kollege, der für mich die Nachtschicht beenden wird."

„Das ist gut. Dann erholen sie sich gut und bis morgen."

Hanna und Kai verabschiedeten sich von Malik, der sich auf die Treppenstufe vor die Haustür gesetzt hatte und auf seine Ablösung wartete.

Thomas und Britta fuhren gerade auf den Parkplatz, als Hanna und Kai ins Auto steigen wollten.

„Fahrt ihr schon wieder?", fragte Thomas, während er seine Tasche aus dem Kofferraum holte.

„Ja", antwortete Kai. „Wir machen uns jetzt auf den Weg ins Krankenhaus. Vielleicht können wir schon einige Worte mit dem Wachmann sprechen. Danach fahren wir auf das Revier."

„Alles klar. Wir nehmen alle Spuren und kommen dann auch. Bis später."

„Ich habe jetzt einen unglaublichen Kaffeedurst."

„Und ich erst", sagte Hanna, drückte auf das Gaspedal und bog in die Auffahrt Bremen - Lüssum ein, um auf die A270 zu gelangen.

„Wo bekommen wir jetzt schon einen Kaffee?"

„Ich fahre Vegesack - Mitte ab. Am Rabenfeld ist eine Tankstelle, die hat die ganze Nacht auf."

Nur fünf Minuten später erreichten Kai und Hanna die Shell Tankstelle in Bremen Aumund am Rabenfeld, die tatsächlich geöffnet war.

„Holst du uns einen Kaffee und ich tanke das Auto in der Zwischenzeit?", sagte Kai zu Hanna.

Hanna ging zum Nachtschalter, da man um diese Zeit nicht in die Tankstelle reingehen konnte und kam mit zwei Kaffee und zwei Brötchen wieder.

„Ich habe uns noch eine kleine Stärkung mitgebracht."

Sie fuhr das Auto auf einen kleinen Seitenstreifen neben der Tankstelle, so konnten sie in Ruhe ihren Kaffee trinken.

„Was meinst du, ist es ein Zufall, dass der Überfall genau in dem Wohnheim war, in dem unser Toter gewohnt hat?"

„Ich weiß nicht Hanna. Es würde natürlich passen. Aber was hofften die Männer dort zu finden?"

„Vielleicht wollten sie das Zimmer durchsuchen, um Informationen zu finden, die ihnen Nabeel nicht mehr geben konnte."

„Das könnte sein. Wir fahren jetzt ins Krankenhaus und schauen nach dem Wachmann. Wenn wir Glück haben gibt es Spuren im ÜWH, die mit denen am Tatort am Bahnhof St. Magnus übereinstimmen."

Im Krankenhaus angekommen, brachte ein Pfleger Hanna und Kai zu Jochen Spengemann in den Untersuchungsraum, nachdem der behandelnde Arzt sein Ok gegeben hatte. Dieser saß aufrecht in seinem Bett mit einem Glas Wasser in der Hand und witzelte mit der Pflegekraft.

„Guten Morgen Herr Spengemann. Wir sind von der Kripo Bremen. Dürfen wir ihnen schon ein paar Fragen stellen?"

„Natürlich, fragen sie ruhig. Mir geht es schon wieder ganz gut", sagte Jochen und lächelte schwach.

„Was macht der Kopf?", fragte Kai und schaute sich den Verband genauer an, der wie ein Turban auf den Kopf von Jochen Spengemann thronte.

„Der dröhnt ein wenig, aber ich habe gerade ein Schmerzmittel bekommen. Es waren fünf Stiche nötig und geröntgt wurde ich auch noch. Aber alles ist soweit in Ordnung", erzählte er ein wenig stolz.

„Das hört sich gut an", sagte Hanna und zog sich einen Stuhl neben das Bett.

„Können sie sich daran erinnern was passiert ist?"

„Das letzte an das ich mich erinnern kann ist, dass ich zu meiner zweistündlichen Runde aufgebrochen bin. Ich war im ersten Eingang und bin einmal durch das ganze Haus gegangen und wie immer zum Schluss in den Keller. Dann bin ich in den zweiten Eingang gegangen. Vom Keller her habe ich Geräusche gehört und dachte mir, dass sich da wohl jemand noch spät etwas zu Essen macht. Also bin ich zuerst in den Keller gegangen. Ich hatte gerade die Küche betreten und dann? Das ist das letzte an das ich mich erinnern kann. Ich bin dann erst wieder im Rettungswagen aufgewacht."

„Sie haben auch bevor sie zu ihrer Runde aufgebrochen sind niemanden bemerkt? Vielleicht Personen vor dem Heim, die sich auffällig benommen haben oder irgendetwas anderes, was anders war als gewöhnlich?"

„Nein. Um diese Zeit laufen immer mal wieder Personen die Straße entlang. Wir haben die Bushaltestelle direkt vor der Tür und der Zug hält auch nur 50 Meter weiter. Tut mir leid, ich habe nichts Auffälliges gesehen."

„Danke Herr Spengemann. Falls ihnen noch etwas einfällt, melden sie sich bitte bei uns. Wenn sie sich wieder fit fühlen, kommen sie zu uns auf das Revier, damit wir ihre Aussage aufnehmen können. Gute Besserung weiterhin."

„Danke, das werde ich tun."

Hanna und Kai verließen das Krankenhaus und fuhren zum Polizeirevier Lesum.

Auf dem Revier angekommen, kam Peter gerade mit zwei Kaffee aus der Küche.

„Ah, da seid ihr ja. Euer Besuch aus Kiel ist schon da. Ich habe die beiden in den Konferenzraum gesetzt."

„Das ist früh, sehr gut."

Hanna nahm Peter die beiden Kaffees aus der Hand.

„Danke, ich mache das schon. Gibt es schon etwas Neues?"

„Leider nein. Aber Thomas und Britta arbeiten mit Hochdruck an den Spuren, die sie im Übergangswohnheim heute früh genommen haben."

„Guten Morgen liebe Kollegen."

Hanna stellte den Kaffee auf den Tisch und begrüßte die Kollegen aus Kiel.

Kai hatte inzwischen die Akte zu dem Fall aus dem Büro geholt und begrüßte die Kollegen ebenfalls.

„Moin, mein Name ist Iris Brauke und das ist mein Kollege Hamid Khalil."

Iris Brauke begrüßte Hanna und Kai mit einem kräftigen Händedruck. Sie war klein, etwas stämmig und hatte kurze dunkelblonde Haare. Hanna schätzte sie auf Mitte 40. Ihr Kollege, der zum Gruß einmal kurz die Hand hob, war wesentlich jünger. Er war schlank, groß und hatte leicht gewellte dunkelbraune Haare.

Auch Iris Brauke hatte eine dicke Akte vor sich liegen, die sie öffnete und allerhand Fotos vor sich ausbreitete.

Hanna und Kai setzten sich dazu und sie begannen die Fälle miteinander abzugleichen.

Später kamen noch die übrigen Kollegen des Bremer Teams für das tägliche Meeting dazu und am Ende gab es einige neue Erkenntnisse zu dem Fall.

Beide Toten kamen aus Al - Hasaka und waren in der Armee. Durch das gleiche Branding am Nacken, war die Wahrscheinlichkeit, dass sie in derselben Einheit in der Armee waren sehr hoch. Beide haben sich am

Tag des Mordes vorher mit einem alten Freund getroffen. Der Name des Freundes, mit dem sich
Nabeel Raham getroffen hatte war bekannt – Ahmad
Said. Sie waren zusammen in der Armee. Ob Nabeel
und der Tote aus Kiel, Ibrahim Sulaiman sich kannten, war nicht bekannt. Leider konnte bisher nicht
herausgefunden werden, mit wem sich Ibrahim am
Tage seines Todes getroffen hatte. Bekannt war aber,
dass es ein alter Freund aus Syrien war.

Thomas stieß etwas später zum Meeting dazu und er
hatte Neuigkeiten.

„Es gab in der Küche des ÜWH Bremen Nord, in der
Jochen Spengemann niedergeschlagen wurde viele
Spuren. Unteranderem einen Fußabdruck in einem alten Speiseölfleck, der sich auf dem Fußboden neben
dem Herd befand. Er gehört nicht zu den Rettungskräften, aber er stimmt genau überein mit einem der
Fußabdrücke, die wir an dem Tatort an der Brücke in
St. Magnus gefunden haben. Damit ist klar, dass es
einen Zusammenhang zwischen dem Mord an Nabeel
und dem Überfall auf Jochen Spengemann gibt. Und

auch in der Küche haben wir Fingerabdrücke gefunden. Die Analyse dauert aber noch an, denn es waren viele verschiedene Fingerabdrücke. Ob einer davon auch vom Täter stammt, können wir mit Sicherheit sagen, wenn wir alle mit den Fingerabdrücken vom ersten Tatort abgeglichen haben. Und es gibt Anlass zu der Annahme, dass die oder der Täter noch nicht fertig waren, mit dem was sie vorhatten. Entweder suchten sie etwas oder sie suchten jemanden, der sich jetzt in akuter Gefahr befindet."

Das Kieler Team beschloss noch am selben Tag zurückzufahren und sich nochmals das Umfeld von Ibrahim Sulaiman vorzunehmen. Vielleicht hatte dieser den Namen Ahmad Said mal erwähnt und man könnte daraus einen Zusammenhang herstellen.

Kai und Hanna wollten mit Jamal reden. Sollte er Ibrahim Sulaiman kennen, könnte das ein wichtiges Indiz dafür sein, dass die beiden Mordfälle etwas miteinander zu tun hatten. Außerdem mussten sie Sami

Madrasa sprechen, dessen Adresse Peter heute vom Migrationsamt in Köln erhalten hatte.

Peter sollte außerdem ins Übergangswohnheim Nord fahren und mit Till alle Bewohner durchgehen. Gab es noch weitere Bewohner, die aus Syrien kamen und dort in der Armee waren?

„Dann an die Arbeit", Hartmut klatschte in die Hände, was das Zeichen für das Ende der Teamsitzung war.

Alle waren guter Dinge, dass sie bald voran kommen würden in dem Fall.

8.

Sie hatten den ganzen Tag auf der Lauer gelegen und das Übergangswohnheim beobachtet. Es gab eine Querstraße schräg gegenüber, von der aus man freie

Sicht hatte. Viele der Bewohner, die das Haus verließen, gingen auf das freie Feld auf der anderen Straßenseite, von dem aus man durch einen kleinen Tram-
pelfahrt zu einem Supermarkt gelangen konnte. Gegen frühen Nachmittag kam eine Gruppe junger Männer zurück aus dem Supermarkt und waren mit
schweren Tüten beladen. Sie hatten eine halbe Stunde
zuvor das Übergangswohnheim verlassen.

„Komm!", sagte einer der Männer.

„Die knüpfen wir uns jetzt mal vor."

Sie schlenderten langsam über das Feld, der kleinen
Gruppe entgegen.

„Es sind Syrer. Lass mich reden!"

„Hallo", rief er den Männern entgegen.

„Wohnt ihr auch in dem Übergangswohnheim dort
drüben?"

Er zeigte auf die andere Straßenseite zum ÜWH Nord
herüber.

Die jungen Männer blieben stehen.

„Ja, wieso?"

Massoud schaute skeptisch zu den beiden Männern.

„Wir suchen zwei Freunde. Sie sollen hier in einem der Heime in Blumenthal leben. Sie kommen aus Syrien."

„Wie heißen denn euere Freunde?", wollte Massoud wissen.

„Mohammad Safir und Ibrahim Kufta. Ich kenne beide aus Syrien. Wir sind zusammen zur Schule gegangen."

„Nein, die wohnen nicht hier und ich habe die Namen auch noch nie gehört. Aber es gibt auf der anderen Seite der Straße noch ein Heim. Die blauen Container, die dort hinter den Bäumen zu sehen sind. Und am Ende dieser Straße gibt es auch noch ein Heim. Aber es ist ein Frauenheim."

„Ok, danke für die Informationen. Dann suchen wir mal weiter."

Massoud folgte seinen Freunden, nicht ohne sich noch einmal umzuschauen, um sich die Gesichter der beiden Männer einzuprägen. Er hatte ein komisches Gefühl.

„Es war ein Fehler in dieses Heim zu gehen. Hoffentlich haben wir keine Spuren hinterlassen, die uns verraten. Die Adresse in Jamals Wohnung war eine Finte."

„Was machen wir jetzt?"

„Ich weiß es nicht. Ich versuche unsere Auftraggeber zu kontaktieren."

Massoud klopfte vorsichtig an die Tür von Tills Büro. Nach dem Überfall auf Jochen Spengemann in der Nacht, waren alle Bewohner angehalten worden Augen und Ohren offen zu halten und alles was ihnen verdächtig erschien zu melden, damit es an die Polizei weitergegeben werden konnte.

Nachdem Kai und Hanna zum zweiten Mal erfolglos bei Jamal Bakir an der Wohnung waren und ihn auch weiterhin telefonisch nicht erreichen konnten, beantragten sie am Abend einen Durchsuchungsbeschluss für seine Wohnung. Sie waren sich mittlerweile ziemlich sicher, dass Jamal ebenfalls Ziel der Männer sein könnte und mussten ihn unbedingt finden.

Richter Rieker hatte versprochen den Durchsuchungsbeschluss schnell fertig zu machen und so saßen sie am nächsten Morgen zusammen im Büro und warteten, als Hannas Telefon klingelte.

„Wolf", Hanna erwartete Staatsanwalt Rieker am Telefon mit der Freigabe des Durchsuchungsbeschlusses.

„Nein! Wo? Gut wir kommen."

„Was ist, haben wir den Durchsuchungsbeschluss?", Kai nahm seine Jacke und wollte schnell los.

„Nein, aber es gibt einen weiteren Toten."

„Wo?"

„Im Museumshaven, am Vegesacker Bahnhof."

Nur Minuten später kamen Kai und Hanna am Tatort an.

Sie fuhren über die Einfahrt von der Friedrich-Klippert-Straße her auf das Gelände.

Auf dem kleinen gepflasterten Platz vor dem Hafen standen bereits mehrere Autos. Ein Rettungswagen und ein Notarzt, sowie die Feuerwehr, die mit einem Boot im Wasser war. Zeitgleich mit Kai und Hanna kamen Thomas, Britta und Uwe an. Zur Bahnhofseite hin war eine Mauer in Form einer riesigen Treppe angelegt worden, auf der die Vegesacker gerne saßen und in der Sonne den Blick auf den wundervollen alten Hafen genossen.

Heute allerdings war diese Mauer gefüllt mit Schaulustigen, die dicht an dicht standen und versuchten einen Blick auf den Tatort zu erhaschen, während die Polizei versuchte diesen so gut wie möglich zu verdecken. Die vier Bronzestatuen, die oben an der Mauer standen, schauten beschämt mit ihren Ferngläsern in andere Richtungen, so als wollten sie von dem Geschehen unten im Hafenbecken nichts wissen.

Ein Polizist kam auf das Bremer Team zu, als er diese erkannte.

„Guten Morgen. Ich habe schon auf sie gewartet. Mein Name ist Lennard Matuschek. Ich bin vom Revier an der Kirchheide."

„Hallo Herr Matuschek", Hanna gab ihm die Hand zur Begrüßung.

„Wer hat den Toten gefunden?"

„Ein Mann, der heute früh hier mit seinem Hund einen Spaziergang gemacht hat. Er sitzt da vorne neben dem Rettungswagen. Sein Name ist Karl Breuer. Vielmehr hat sein Hund ihn von hier oben entdeckt."

„Können wir zu dem Toten runter?"

„Ja er liegt im Trockenem. Er liegt vorne auf dem Steinbett direkt dort, wo die Aue in den Hafen mündet. Bei Hochwasser hätte man ihn wahrscheinlich gar nicht entdeckt. Sie können an der Spundwand an der Leiter runtersteigen. Der Notarzt ist noch bei ihm."

„Alles klar. Ich danke ihnen Herr Matuschek."

Es hatte leichter Regen eingesetzt und das Team kletterte langsam die rutschige Leiter zum Hafenbecken hinunter. Dort lag auf den Steinen, die durch die Ebbe sichtbar geworden waren, ein Mann zusammengekrümmt auf der Seite. Der herbeigerufene Notarzt kniete daneben und räumte einige Utensilien zurück in seinen Koffer.

„Moin. Mein Name ist Alex Reinders. Ich bin der diensthabende Notarzt. Es war leider nichts mehr zu machen. Der Mann ist mindestens schon zehn Stunden tot. Ich überlasse ihnen nun das Feld."

„Guten Morgen Herr Reinders. Wann wurden sie zum Einsatz gerufen?", Hanna gab dem Arzt die Hand.

„Ich wurde heute Morgen gegen 7 Uhr angefunkt, mit den Worten, dass ein Mann in das Hafenbecken am Museumshaven gefallen sei. Aber wie gesagt, es war nichts mehr zu machen. Sie sollten ihn schnell hier wegschaffen. Die Flut hat schon wieder eingesetzt."

Thomas, Britta und Uwe waren bereits bei dem Toten und machten ihre Arbeit.

Hanna und Kai ließen sie gewähren.

„Hat er Papiere dabei?", fragte Kai, als er sah das Thomas seine Taschen durchsuchte.

„Nein, keine Papiere. Aber dafür habe ich dies entdeckt." Thomas hielt ein Stück Papier hoch, auf dem etwas auf Arabisch geschrieben war und reichte es an Kai weiter, nachdem er es in eine Tüte gesteckt hatte. Hanna schaute sich das Stück Papier an.

„Leider kann man kaum etwas entziffern. Die Feuchtigkeit hat die Schrift verschmiert."

„Im Labor können wir die Schrift sicherlich etwas sichtbarer machen", sagte Britta.

„Bis auf eine Wunde am Kopf, die wahrscheinlich vom Sturz kommt, kann ich zu der Todesursache noch nichts sagen", sagte Uwe.

„Mund und Nase sind aber voller Schlamm. Ich denke, dass er noch gelebt hat, als er in das Hafenbecken gefallen ist. Näheres nach der Obduktion. Die

Leiche kann jetzt in die Pathologie. Habt ihr auch soweit alles Thomas?" Thomas und Britta nickten.

„Dann ab, bevor die Flut kommt."

Von seinem Fenster aus konnte Jamal bis runter zum Museumshaven schauen. Er sah den Rettungswagen, der direkt am Hafenbecken stand und die vielen Polizisten, die geschäftig hin und her liefen. Die Feuerwehr hatte ein Boot ins Wasser gelassen und minütlich kamen Menschen hinzu, angezogen von dem ungewöhnlichen Treiben am frühen Morgen.

Spätestens nach dem sich ein Leichenwagen langsam einen Weg durch die gaffende Menge bahnte, wusste er, dass dort ein Unglück geschehen war, bei dem ein Mensch sein Leben lassen musste.

Jamal nahm das Fernglas, welches in einem Regal lag und versuchte die ganze Szenerie näher ran zu holen.

Er sah die beiden Kripobeamten, die ihn vor zwei Tagen besucht hatten, um ihn von Nabeel zu erzählen.

Sie kletterten runter in das Hafenbecken.

Dann wurde eine Trage aus dem Rettungswagen geholt und in das Becken heruntergelassen. Jamal nahm sich seinen Hoody, setzte die Kapuze auf und zog sich Sportschuhe an, dann verließ er die Wohnung. Er wollte am Hafen joggen gehen und schauen, ob er erfahren könne, was dort passiert war. Er hatte kein gutes Gefühl und sein Gefühl täuschte ihn selten.

Er joggte die Friedrich-Klippert-Straße runter, bis zur Kreuzung. Vor ihm lag das Brache Gelände des ehemaligen Haven Höövt. Der Weg, der zum Hafen führte war durch die Polizei abgesperrt worden. Er lief über die Kreuzung und ging dann die Treppen hoch, mischte sich unter die Menschen, die dicht an dicht dort standen und drängelte sich bis ganz nach vorne. Von hier aus konnte er bis in das Hafenbecken sehen, trotzdem die Polizei krampfhaft versuchte den Tatort abzudecken. Er war aber zu weit weg, um etwas erkennen zu können.

„Willst mal das Foto sehen, was ich heute Morgen gemacht habe?"

Von der Seite her wurde Jamal ein Handy vors Gesicht gehalten. Er schaute zu dem Mann, der neben ihm stand und ihn stolz angrinste.

„Ich war schon vor der Polizei da."

Er grinste überheblich und öffnete sein Handy mit dem Foto. Jamal zuckte innerlich zusammen als er den Toten erkannte. Seine Gedanken rasten.

„Ich muss hier weg, ich muss hier weg."

Er drängelte sich durch die Menge, zurück zum Bahnhof Vegesack. Verstohlen suchte er mit seinen Augen die ganze Umgebung nach einem bekannten Gesicht ab. Dann lief er los. Er wollte einfach nur laufen, immer weiterlaufen. Er musste den Kopf frei bekommen, damit er wieder klar denken konnte. Er lief Richtung Hafenwald am Spielplatz vorbei, der zu dieser frühen Uhrzeit noch menschenleer war. Dann lief er weiter zum Utkiek und verschnaufte. Die Weser lag ruhig und friedlich vor ihm und ließ ihn ein wenig entspannen. Es gab nur zwei Möglichkeiten. Entweder nahm er Kontakt zur Polizei auf oder er tauchte komplett unter. Keine der beiden Möglichkeiten war für ihn im Moment eine Option.

„Ich sollte Kontakt zu Tarek aufnehmen", war der nächste Gedanke, der ihm kam. „Er sollte unbedingt wissen, was passiert ist."

Jamal atmete tief durch und setzte dann seine Joggingrunde fort. Die Sonne brannte bereits auf seinen Rücken und deutete an, dass es wieder ein heißer Tag werden würde. Auf dem Platz vor dem Restaurant Loui & Jules im Loretta wurden bereits die Tische für das Mittagsgeschäft aufgebaut. Gelächter wehte zu ihm herüber. Aber er hatte keinen Blick für die Schönheiten, die die Alte Hafenstraße mit all ihrem Charme ihm schenkte. Er musste über eine Lösung nachdenken, wollte endlich in Frieden leben.

„Die Fingerabdrücke des Toten sind nicht in unserer Datenbank", Thomas setzte sich auf den Stuhl vor Hannas Schreibtisch und machte es sich bequem.

„Das wäre ja auch zu schön gewesen."

Hanna war dabei ein Schaubild zu zeichnen, um die einzelnen Fälle miteinander zu verbinden.

„Konntet ihr die Schrift auf dem Zettel rekonstruieren, den der Tote in der Tasche hatte?"

„Leider nein, da war nichts mehr zu machen. Das Wasser hat alle Spuren vernichtet. Auch oben am Geländer und davor haben wir keine brauchbaren Spuren sichern können. Da sind einfach zu viele Menschen rumgelaufen."

Die Tür zum Büro wurde aufgerissen und Kai kam herein.

„Es gibt einen weiteren Toten."

„Wo?", Hanna sprang auf und nahm ihr Handy.

„Nicht in Bremen. Die Kripo Hamburg hat mich gerade angerufen. Dort wurde gestern in der Altstadt ein Toter auf einem Hotelzimmer entdeckt. Der Mann ist erstochen worden, hat ebenfalls die arabische Zahl 77 im Nacken und er hatte sogar einen Ausweis dabei.

Die Beamten haben sofort die Ähnlichkeit zu unserem Fall und dem Fall in Kiel erkannt. Der Mann heißt Amir Kara, 27 Jahre alt, aus Al – Hasaka."

Hanna setzte sich wieder hin.

„Ich möchte, dass wir Kontakt zum Bundesamt für Migration aufnehmen. Sie sollen im Computer alle syrischen Männer raussuchen, die aus Al – Hasaka kommen."

Hanna nahm das Telefon und wählte.

„Hallo Peter, hier ist Hanna. Bitte nimm Kontakt zum Bundesamt für Migration in Nürnberg auf. Ich möchte eine Liste aller Männer, die bei ihrer Einreise nach Deutschland über 18 Jahre alt waren und aus Al - Hasaka stammen. Mit Einreisedatum und in welchem Bundesland sie sich jetzt befinden, am besten auch mit aktueller Adresse."

„Aber das könnten Tausende sein."

„Das macht nichts. Alle Toten stammten aus Al – Hasaka und waren höchstwahrscheinlich bei der Armee."

„Ok, ich versuche mein Glück."

„Danke Peter. Und wir Kai holen uns jetzt den Durchsuchungsbeschluss von Richter Rieker und dann fahren wir in die Wohnung von Jamal. Wir müssen Jamal unbedingt ausfindig machen, er könnte in großer Gefahr sein. Es könnte gut sein, dass er untergetaucht ist, weil er genau weiß, dass er in Gefahr ist."

Alle waren in Aufbruchstimmung.

„Ach Hanna", Thomas kam noch einmal zurück ins Büro. „Wir konnten die Fingerabdrücke am Messer vom Tatort am Bahnhof St. Magnus isolieren und lassen sie jetzt durch die Datenbank laufen. Vielleicht haben wir Glück und es gibt einen Treffer."

„Sehr gut Thomas. Ich bin gespannt."

Hannas Handy klingelte. Es war Tills Nummer, die auf dem Display erschien.

„Hallo Hanna, ich habe Neuigkeiten für euch."

„Was gibt es Till?"

Eine Gruppe unserer Bewohner wurden vor dem Übergangswohnheim von zwei Männern angesprochen. Sie haben nach zwei Männern gefragt. Nachdem sie erfahren haben, dass sie nicht in unserem Heim wohnen, haben sie sich ziemlich schnell wieder aus dem Staub gemacht. Wir hatten unseren Bewohnern gesagt, dass sie aufmerksam sein sollen und alles was ihnen verdächtig vorkommt melden sollen. Massoud war dabei und hat uns die Geschichte erzählt."

Kannst du ihn vorbeischicken, damit er eine Aussage macht?"

„Klar, ich sage ihm gleich Bescheid. Ach, fast hätte ich es vergessen. Wir haben keine weiteren Bewohner, die aus Al – Hasaka kommen. Zu mindestens hat keiner unserer Bewohner dies angegeben."

„Danke Till. Dann erwarten wir Massoud zur Aussage. Ich sage Peter Bescheid und lass auch gleich einen Phantombildzeichner dazu kommen. Wann kann er hier sein?"

„Ich schicke ihn jetzt gleich los. Ich denke er wird so in einer Stunde bei euch sein."

„Wir gehen rein", Hanna winkte ihre zwei Kollegen zu sich her.

„Wir gehen jetzt alle zusammen hoch. Ich habe zwei Mal geklingelt und ans Handy geht auch keiner. Die Wohnung liegt im siebten Stock."

Zusammen mit Britta und den zwei Polizisten machten sich Kai und Hanna auf den Weg in das siebte Stockwerk, in dem Jamals Wohnung lag. Der Fahrstuhl war immer noch defekt. Oben angekommen klingelten sie vorsichtshalber noch einmal, aber niemand öffnete. Britta öffnete geschickt die Tür mit einem Spezialwerkzeug.

„Britta, Kai und ich gehen rein. Einer von euch beiden begleitet uns und einer bleibt bitte vor der Tür stehen."

„Wonach suchen wir?" Britta packte ihre Tasche aus und verteilte Handschuhe an alle.

„Du versuchst bitte Spuren zu sichern und Kai und ich schauen, ob wir irgendwelche Dokumente finden können."

„Hanna, ich glaube hier war schon jemand."

Kai war bereits ins Wohnzimmer vorgegangen.

„Hier ist auf alle Fälle alles durchsucht worden."

„Oder Jamal selber ist überhastet aufgebrochen und hat alle wichtigen Unterlagen mitgenommen. Wir fangen jetzt an. Wir müssen Jamal unbedingt finden, ich denke er ist in großer Gefahr."

Hanna trat ans Fenster. Von hier oben hatte man einen traumhaften Ausblick über Schönebeck. Man konnte bis runter ins Tal blicken und sogar das Schönebecker Schloss erkennen. Durch die vielen Bäume, die jetzt im Sommer saftige grüne Blätter trugen, sah alles wunderschön und idyllisch aus.

„Schau mal Hanna, Jamal hat das gleiche Foto wie Nabeel in seinem Zimmer hatte. Hier hinten stehen sogar alle Namen geschrieben. Sami, Nabeel, Abdul, Anis, Mohammed. Und hier sind noch mehr Fotos und Jamal hat überall die Namen auf die Rückseite geschrieben."

„Die nehmen wir alle mit", sagte Hanna und reichte Kai eine Tüte aus Brittas Koffer.

„Sag mal, mir kommt da so eine Idee. Wenn wir das Handy von Nabeel finden würden, dann hätten wir auch die Telefonnummer von Ahmad Said, der Nabeel an dem besagten Abend angerufen hat und sich mit ihm treffen wollte."

„Du hast Recht Kai. Wir könnten die Kollegen in Kiel fragen, ob sie das Handy von Ibrahim Sulaiman gefunden haben. Ich habe noch eine bessere Idee. Ich rufe später Till an. Der hat in seinen Unterlagen sicherlich die Handynummer von Nabeel. Vielleicht können wir über den Anbieter herausfinden, von welcher Nummer Nabeel angerufen wurde."

Eine knappe Stunde später verließen sie die Wohnung von Jamal, ohne weitere nennenswerte Dinge gefunden zu haben.

„Wir versiegeln die Wohnung. Falls Jamal nach Hause kommt, wird er sich dann hoffentlich bei uns melden. Habt ihr soweit alles?", Hanna zog die Tür hinter sich zu.

Zurück auf dem Revier bekam Peter einen Stapel Fotos auf den Schreibtisch gelegt.

„Kannst du die alle durchgehen, Peter. Die Fotos sind aus der Wohnung von Jamal. Auf der Rückseite stehen alle Namen drauf. Die kannst du bitte alle aufschreiben."

Hanna ließ sich auf ihren Stuhl fallen und legte die Beine hoch und pustete durch.

„Ganz schön heiß heute. Ich hole uns mal eine kleine Erfrischung aus der Kantine. Erdbeere oder Schokolade?" „Ich nehme heute Erdbeereis Kai, danke."

Als Kai aus der Kantine zurückkam, hatte Hanna bereits mit Till telefoniert, von ihm die Handynummer von Nabeel erhalten und bei der Staatsanwaltschaft um Erlaubnis gebeten, beim Telefonanbieter die Liste der Anrufe anzufordern.

„Das Eis tut gut, danke Kai. Ich bin gespannt, ob wir die Telefonnummer von Ahmad Said herausfinden können und ob die Fingerabdrücke vom Tatort in St. Magnus einen Treffer bringen."

„Ich hoffe, dass wir weiterkommen und vor allem, dass wir Jamal finden."

„Ich mache mir wirklich große Sorgen um ihn."

Die Tür ging auf und Peter kam ins Büro. In den Händen hatte er die Liste mit den Namen, die er auf den Fotos von Jamal gefunden hatte.

„Hier sind alle Namen von den Fotos", er legte die Liste auf Hannas Schreibtisch.

„Es sind nur zehn verschiedene Namen. Auf vielen Fotos waren immer wieder die gleichen Personen zu sehen."

„Danke Peter, gute Arbeit. Wir machen uns gleich dran."

„Ich bin in der Kantine, falls ihr mich braucht."

„Alles klar Peter."

Kai nahm sich die Liste und ging die Namen durch.

„Ach schau mal hier. Der Name Ahmed ist auch auf der Liste. Aber ob es wirklich Ahmed Said ist, wissen wir nicht."

„Zeig mal das Foto, Kai."

Kai gab Hanna das Foto, welches eine Gruppe Soldaten zeigte, die an einem Tisch vor einem Zelt saßen. Auf der Rückseite stand: Nabeel, Ibrahim, Ahmed – Al - Hasaka 2013.

„Ibrahim war doch der Name des Toten in Kiel." Hanna setzte sich an ihren Computer und öffnete die Akte.

„Schau mal Kai. Das könnte er sein."

„Du hast Recht. Der Mann auf dem Foto ist der Tote aus Kiel. Was hast du noch?"

Hier ist noch ein Foto einer Gruppe Soldaten. Es sind wieder die drei Männer und diesmal auch Jamal zu sehen und ein Mann, der Tarek heißt."

„Was hast du noch für Namen?"

„Hier auf diesem Foto ist noch ein Ibrahim zu sehen und hier, schau mal: Jamal mit einem Mann Arm in Arm und auf der Rückseite steht: Amir, Al – Hasaka Mai, 2014."

„Schick das Foto sofort an die Kollegen nach Hamburg. Vielleicht ist es der Tote aus Hamburg."

„Du hast Recht. Hier sind die letzten Namen. Salim, Mohammad und Omar, zusammen mit Nabeel und Jamal an einem See. Ich schicke jetzt das Foto von Amir an die Kollegen in Hamburg. Das wäre ja ein Volltreffer."

Peter kam erneut ins Büro und hatte gute Neuigkeiten.

„Die Liste vom Bundesamt für Migration in Nürnberg, die du angefordert hast ist angekommen. Ich schicke sie dir gleich auf deinen Computer. Und Massoud ist gerade beim Phantombildzeichner."

„Super Peter. Das wird eine lange Nacht heute. Macht jetzt alle eine Stunde Pause und dann treffen wir uns im Konferenzraum. Ich fordere Hilfe an, damit wir die Namen alle durcharbeiten können. Ich bin bei Hartmut, bis später."

Hanna sprang auf und verließ eilig das Büro.

9.

Jamal saß auf dem Sofa in der Wohnung seines Freundes und wartete. Er hatte versucht Tarek zu erreichen, doch sein Handy war ausgestellt. Er wusste aber, dass Tarek sich bei ihm melden würde, sobald dieser sein Handy wieder anstellte und sah, dass er versucht hatte ihn zu erreichen. Er musste also nur warten. Vor ihm stand ein Wasserkocher, Honig und eine Tasse mit Matetee. Seine Gedanken kreisten um den Toten, den man heute am Vegesacker Hafen gefunden hatte. Er war sich sicher, dass er Hamza erkannt hatte. Hamza war in der gleichen Einheit gewesen wie er, in Al - Hasaka. Eines Tages war er einfach verschwunden, ohne sich zu verabschieden, das war im März 2011. Damals wurde gemunkelt, dass er zu einer Spezialeinheit versetzt wurde, aber genau wusste es keiner. Auf alle Fälle hatten sie nie wieder etwas von ihm gehört.

Das Klingeln seines Handys riss Jamal aus seinen Gedanken.

„Hallo Tarek, endlich!"

„Was ist passiert?"

„Es gab einen weiteren Toten. Man hat ihn heute Morgen am Vegesacker Hafen entdeckt."

„Und?"

„Ich bin mir sicher, dass es Hamza war. Erinnerst du dich an ihn?"

„Ja natürlich erinnere ich mich an ihn. Es gab viele Gerüchte um ihn. Er sei zu einer Spezialeinheit versetzt worden hieß es. Manche haben auch gesagt, er wäre sehr krank gewesen. Und du glaubst, dass er der Tote am Vegesacker Hafen war?"

Ich habe ihn nicht direkt gesehen, aber jemand hat mir ein Foto gezeigt, welches er von dem Toten gemacht hat. Ich bin mir sicher, dass er es war."

„Hamza gehörte nicht zu unserem engen Kreis, das ist seltsam. Weiß die Polizei um wen es sich bei dem Toten handelt?"

Die Zeitung spricht von einem unbekannten Toten und bittet um Hinweise."

„Fühlst du dich noch sicher in deinem Versteck, Jamal?"

„Bisher habe ich nichts auffälliges bemerkt."

„Ok, ich werde Rücksprache halten und dann melde ich mich wieder. Vielleicht ist es Zeit auszupacken, bevor noch jemand stirbt."

Im Polizeirevier Lesum herrschte an diesem Abend ein reges Treiben. Zum Team um Hanna und Kai hatten sich noch zwei weitere Kollegen aus einem anderen Team gesellt, Babette und Lina.

Hanna hatte alle im Team gebrieft und so wusste jeder genau, was seine Aufgabe war. Sie saßen über der Liste vom Bundesamt für Migration. Nachdem sie nun die Namen der Freunde von Jamal hatten, mit denen er offensichtlich in einer Einheit war, beschränkten sie die Suche auf diese Vornamen mit Herkunft aus Al – Hasaka und Bezug zur Armee dort. Da sie nur die Vornamen hatten, die zudem noch recht geläufig waren in Syrien, dauerte dieses entsprechend lange.

Kai kam in den Raum und hatte einen Stapel Pizzakartons dabei.

„Kleine Pause Jungs und Mädels. Ich habe uns Pizza aus dem „La Veranda" bestellt."

Es kam Bewegung in die Truppe. Alle Papiere wurden zur Seite geschoben und die Pizza verteilt.

Das „La Veranda" war eine Pizzeria in Bremen Schönebeck und hatte die leckerste Pizza im Stadtteil, zumindest wenn es nach Kai ging. Es war eine sehr kleine Pizzeria, die ihr Hauptgeschäft hauptsächlich mit Auslieferungen machte. Nur selten sah man jemanden im Lokal sitzen.

Die Stimmung lockerte sich auf und das Team vergaß für einige Zeit den traurigen Anlass, der sie hier zu dieser späten Stunde alle zusammenführte.

Fast hätten sie das leise Klopfen an der Tür überhört.

Frederik, der Phantombildzeichner kam mit der Zeichnung des Mannes herein, die er nach der Beschreibung von Massoud angefertigt hatte.

Hanna verschluckte sich an ihrer Pizza, als sie die Zeichnung sah.

„Das ist doch unser Toter vom Vegesacker Hafen!"

Augenblicklich herrschte Stille im Raum.

„Ja das ist unser Toter von heute Morgen."

Uwe zog das Tuch vom Gesicht des Toten. Er hatte die Obduktion gerade beendet, als Hanna und Kai mit der Phantomzeichnung zu ihm in den Keller kamen. Es gab keinen Zweifel, der Mann der Massoud vor dem Übergangswohnheim angesprochen hatte, war nun tot.

„Lass uns die Zeichnung an die Presse geben. Vielleicht erkennt ihn jemand", sagte Hanna.

„Gute Idee."

Kai schaute auf seine Uhr.

„Das könnte noch klappen mit der Ausgabe von Morgen. Ich kümmere mich darum."

„Was hat die Obduktion ergeben, Uwe?"

„Die Wunde am Kopf war äußerlich das Einzige was ich entdecken konnte. Aber als Todesursache kommt sie nicht in Frage. Aber es läuft noch eine Blutuntersuchung im Labor. Wir testen alles durch, Drogen, Medikamente, die ganze Palette."

Als Hanna wieder im Büro war rief sie als erstes Till an. Sie erinnerte sich daran, dass es laut Massoud zwei Männer gewesen waren, die die Gruppe vor dem ÜWH angesprochen hatten.

„Ja das stimmt Hanna. Aber Massoud hat erzählt, dass er sich an den zweiten Mann kaum erinnern kann, weil er mit ihm nicht gesprochen hat."

„Bitte frag ihn nochmal. Es wäre sehr wichtig für unsere Ermittlungen."

„Ich werde ihn morgen nochmal fragen, wenn ich im Büro bin."

„Danke dir Till. Ach, schicke ihn doch gleich vorbei. Dann können wir ihm Fotos mit einigen Männern zeigen, vielleicht ist der Mann dabei."

„Alles klar, mach ich. Sehen wir uns heute noch Hanna?"

„Das kann ich noch nicht sagen, aber rechne lieber nicht mit mir. Bis dann und danke."

Als Hanna zurück in den Besprechungsraum kam, gab es Neuigkeiten.

„Hamburg hat sich gemeldet Hanna", rief Kai ihr entgegen. Der Mann auf dem Gruppenfoto, der Amir heißt, ist tatsächlich der Tote aus dem Hotelzimmer in Hamburg."

„Dann haben wir bereits vier Tote, die in diesem Fall verwickelt sind. Nabeel, hier in Bremen. Amir in Hamburg und Ibrahim in Kiel. Die drei waren auf alle Fälle in derselben Einheit in der Armee in Al - Hasaka. Und nun noch der Tote aus dem Hafenbecken. Es gibt noch keinen Namen, aber er hat Kontakt zu Massoud aufgenommen und hat nach zwei weiteren

Männern gefragt. Hast du mal die Namen der Männer, nach denen er gefragt hat?"

Kai kramte in seinen Unterlagen.

„Hier sind sie. Mohammad Safir und Ibrahim Kufta. Mohammad und Ibrahim sind ebenfalls Namen auf den Fotos von Jamal. Das kann Zufall sein, denn es sind sehr geläufige Namen in Syrien. Es könnte aber auch sein, dass sie in Gefahr sind. Sind die Namen auf unserer Liste vom Bundesamt?"

„Volltreffer, beide Namen sind auf der Liste und beide sind in dasselbe Bundesland verteilt worden, nach Sachsen. Ich nehme sofort Kontakt zu den dortigen Behörden auf. Ich hoffe ich erwische noch jemanden."

Peter rannte aus dem Raum.

„Leute es kommt Bewegung in den Fall", Hanna lächelte in die Runde.

Er hockte am Ufer der Lesum hinter einem Busch und schaute auf das Wasser. Der Wind rauschte leise durch das Schilf und brachte ein wenig Abkühlung nach dem heißen Tag. Ungefähr 50 Meter hinter ihm befand sich ein kleines Café. Am Nachmittag war hier viel Trubel gewesen. Spaziergänger und Radfahrer machten hier Pause und genossen ein Eis, Kuchen oder Kaffee im Sommergarten des Cafés.

Auch er hatte sich dort einen Cappuccino und ein Stück Kuchen geholt, als sein Magen so laut knurrte, dass man ihn so oder so bemerkt hätte. Unter den vielen Gästen des Cafés fiel er nicht weiter auf und er fühlte sich sicher. Er nahm einen letzten kalten Schluck aus seinem Kaffeebecher und stand langsam auf. Seine Beine fühlten sich steif an, nachdem er stundenlang in der gleichen Stellung gehockt hatte. Es war mittlerweile stockdunkel geworden und im Knoops Park hielt sich keine Menschenseele mehr auf.

Seit gestern Abend versteckte er sich nun schon. Er wollte nur einen Kaffee im Kiosk am Vegesacker Bahnhof für sich und Hamza kaufen und dann war nichts mehr wie es einmal war. Als er zurück zum alten Museumshaven kam, war der Platz an dem er Hamza verlassen hatte leer. Hamza war verschwunden.

Dann hörte er ein leises Stöhnen vom Hafenbecken. Er lief zum Beckenrand und da sah er ihn liegen. Hamza lag unten im Hafenbecken. Scheinbar auf einer kleinen Anhöhe aus Steinen. Er war sofort weggerannt, hatte ihm nicht geholfen. Er war schon immer ein Feigling gewesen. Schon damals in Syrien, als es bei einem Angriff der Rebellen nördlich von Aleppo brenzlig wurde. Auch da hatte er sich einfach aus dem Staub gemacht, seine Kameraden im Stich gelassen. Es war ihm egal gewesen. Als Hamza dann einige Monate später Kontakt zu ihm aufgenommen hatte war er daher sehr überrascht gewesen. Er wollte ihn für eine Spezialoperation anheuern, ausgerechnet ihn. Aber er sagte zu.

Und jetzt hatte er auch Hamza im Stich gelassen. Sie waren es gewesen, da war er sich sicher und sie suchten auch nach ihm, das wusste er. Er war gerannt, um den ganzen Hafen herum, bis er zu dem Einkaufszentrum kam, hinter dem er sich eine halbe Stunde versteckte. Weiter oben konnte er eine Kirche sehen, zu der er über eine kleine Straße hochlief. Ein Stück weiter war eine Bushaltestelle, an der gerade ein Bus hielt, den er noch knapp erwischte. Er setzte sich in die hinterste Reihe und stieg einige Haltestellen später wieder aus, lief durch den Park, runter zum Wasser und kam irgendwann in der Nacht am Café an. Seitdem war er hier und überlegte, wie es weiter gehen sollte.

Er tendierte dazu sich zu stellen, dann wäre er auf alle Fälle sicher. Aber ihm fehlte der Mut dazu – noch.

Es dämmerte bereits, als Peter mit einem Tablett heißem Kaffee und belegten Brötchen in den Konferenzraum kam.

„Ach Peter, du bist ein Engel", Hanna verteilte die kostbare Fracht an alle Kollegen. Sie merkte jetzt erst, was sie für einen Hunger hatte nach der langen Nacht.

„Ich habe übrigens gute Nachrichten aus Sachsen."

Peter setzte sich zu seinen Kollegen an den Tisch.

Mohammed Safir und Ibrahim Kufta wurden ausfindig gemacht. Sie wohnen beide im selben Übergangswohnheim in der Nähe von Chemnitz. Sie wurden vorläufig zu ihrem Schutz von der Polizei mitgenommen und jetzt befragt. Ich habe die Infos, die für die Befragung wichtig sind bereits an die Kripo Chemnitz weitergeleitet. Und die beiden sind tatsächlich zwei der Männer auf den Fotos von Jamal."

Kai stand auf und ging zu dem Schaubild, welches Hanna gestern Abend aufgezeichnet hatte.

„Also, was haben wir bis jetzt? Auf den Fotos von Jamal gibt es zehn Namen, die immer wieder auftauchen. Alles Männer, mit denen er sehr wahrscheinlich zusammen in einer Einheit gedient hat und mit denen er auch befreundet war. So sieht es zumindest den Fotos nach aus. Drei der Männer sind bereits ermordet worden: Nabeel, Amir und Ibrahim Sulaiman. Zwei, nämlich Ibrahim Kufta und Mohammed Safir befinden sich in Sicherheit. Bleibt noch Ahmad, von dem wir nicht wissen, ob er der Ahmad Said ist, der Nabeel und unser Opfer Ibrahim in Kiel treffen wollte, bevor diese ermordet wurden und Tarek, Salim und Omar, von denen wir bisher nichts wissen. Habe ich Recht?"

„Stimmt genau."

Hanna stand nun auch auf. Sie öffnete das Fenster um frische Luft in den Raum zu lassen.

„Ich würde sagen, wir machen jetzt alle Pause, damit sich jeder ein wenig erholen und frisch machen kann und treffen uns dann um 11 Uhr wieder in diesem Raum."

Er hatte sich entschieden. Sie waren einfach zu mächtig und würden ihn überall finden. Wenn er jetzt zur Polizei gehen würde, wäre er sicher. Er würde alles sagen was er weiß und man würde ihn dann schützen.

Sicherlich würde er auch verurteilt werden für das, was er getan hatte, aber er würde ihnen alles sagen, was sie wissen wollen: die Namen der Auftraggeber, alle Hintergründe. Die Strafe würde bestimmt geringer ausfallen, wenn er kooperieren würde.

Er streckte sich und versuchte wieder Leben in seine müden Glieder zu bekommen. Er hatte die ganze Nacht angelehnt an einem Stein gesessen und im Halbschlaf Gedanken gewälzt. Nachdem Hamza tot war, machte es keinen Sinn mehr weiterzumachen. Hamza war immer der Denker gewesen, der Kopf im Team und er der Macher. Bis gestern hatte er gedacht, dass sie gut zusammengearbeitet hatten. Sie hatten sich immer genau an die Anweisungen gehalten. Er wusste, dass neben Hamza und ihm noch andere für sie arbeiteten, in verschiedenen Städten, aber alle mit dem gleichen Ziel. Alle Mitwisser mussten ausgeschaltet werden. Sie waren so kurz davor gewesen und jetzt war Hamza tot. Irgendetwas musste schiefgelaufen sein. Langsam stand er auf und merkte, wie die

Energie in seinen Körper zurückkehrte. Es war noch früh am Morgen und der Knoops Park mit all seiner Schönheit erwachte langsam zum Leben. Ein feiner Nebel lag über der Lesum und den umliegenden Wiesen und wurde langsam von der aufgehenden Sonne aufgesogen. Der Anblick war traumhaft schön. Er erinnerte ihn an die vielen Stunden, die er als Jugendlicher mit seinen Freunden am Euphrat verbracht hatte. Sie hatten ganze Nächte zusammen am Ufer des Euphrat verbracht, Shisha geraucht, gegrillt und über das Leben nachgedacht. Der Krieg hatte alles zerstört und es würde nie wieder so sein, wie es einmal war. Ein Zurück gab es nicht mehr. Alles war kaputt.

Er riss sich aus seinen trüben Gedanken und machte sich auf den Weg. Er wollte zurück zur Bushaltestelle gehen und dann zur Polizei fahren und sich stellen.

Auf dem Weg durch den Park kam ihm ein Jogger entgegen, der ihm ein fröhliches „Moin" entgegenrief. Aufgemuntert von der Fröhlichkeit des Joggers setzte er seinen Weg leichten Schrittes fort.

„Hallo Omar!"

Pünktlich um 11 Uhr füllte sich der Konferenzraum wieder. Auch Hartmut mischte sich unter die Menge, um auf den neuesten Stand gebracht zu werden. Peter stand vorne an der Tafel und wartete bis sich alle gesetzt hatten und Ruhe einkehrte. Er hatte Neuigkeiten. Die Nacht hatte Peter zuhause verbracht und nicht am nächtlichen Marathon teilgenommen. Er hatte den ganzen Morgen die Stellung im Büro gehalten.

Hanna huschte als Letzte in den Raum und machte Peter das Zeichen zu beginnen.

„Schön, dass ihr alle wieder da seid", Peter lächelte in die Runde.

„Ich habe da so einige Neuigkeiten. Als erstes habe ich endlich Sami Madrasa erreichen können. Vielmehr haben die Kollegen in Köln ihn ausfindig gemacht. Ich konnte mit ihm telefonieren, er sprach sehr gut Deutsch. Er hat Nabeel erst auf der Flucht nach Deutschland kennengelernt und zwar auf der Überfahrt mit dem Boot von der Türkei nach Lesbos. Die beiden hatten sich sofort gut verstanden und nach ihrer Ankunft in Deutschland guten Kontakt gehabt. Jamal kennt er ebenfalls nur von dieser Überfahrt, aber der Kontakt war nicht sehr eng, darum kann er nichts zu ihm sagen. Er hat nicht mal eine Handynummer von ihm. Aber Nabeel hatte ihm erzählt, dass er mit Jamal in einer Militäreinheit in Syrien zusammen war. Sami war ebenfalls beim Militär, aber in Aleppo. Er selber hat kein Branding im Nacken aus dieser Zeit und kann sich auch nicht daran erinnern, dass Nabeel eins hatte. Er hat aber mal gehört, dass es Spezialeinheiten gibt, bei denen das üblich war, damit man sich untereinander erkennt.

Dann habe ich die Telefonliste der Handynummer von Nabeel ausgewertet. Der letzte Anruf kam von einer deutschen Handynummer, die ich auch gleich angerufen habe. Leider habe ich niemanden erreicht, das Handy schien ausgestellt zu sein. Ich habe beantragt die Vertragsdaten der Nummer zu bekommen. Das Ganze läuft noch. Das Gute ist aber, dass die Polizei in Kiel noch im Besitz des Handys von Ibrahim

Sulaiman ist und sich auf der Anrufliste die gleiche Nummer befindet. Ebenfalls der letzte Anruf."

„Damit dürfte nun eindeutig erwiesen sein, dass die beiden Fälle zusammengehören. Gute Arbeit Peter, wie immer."

Hanna nickte ihm anerkennend zu.

„Das war aber noch nicht alles. Massoud war erneut hier. Er konnte aber mit dem Phantombildzeichner kein Bild des zweiten Mannes anfertigen, da er sich nicht wirklich an diesen erinnern konnte. Aber ich habe ihm die Fotos aus Jamals Wohnung gezeigt und er war sich nicht hundertprozentig sicher, dass er den Mann auf den Fotos erkannt hat, aber es könnte laut Beschriftung der Fotos, Omar gewesen sein. Die Phantomzeichnung vom Toten im Hafenbecken wurde heute sowohl im Bremer Teil des Weser Kurier, als auch im Bremen Norder Teil des Weser Kurier veröffentlicht. Bisher hat sich aber leider noch niemand gemeldet."

Pünktlich zum Ende von Peters Bericht klopfte Uwe an die Tür und trat ein.

„Ich habe endlich die restlichen Untersuchungsergebnisse. Jetzt haltet euch fest. Von den Fingerabdrücken, die wir am Tatort unseres ersten Toten am Bahnhof St. Magnus isolieren konnten, haben wir einen Treffer", er blickte triumphierend in die Runde.

„Es ist der Fingerabdruck von unserem Toten am Hafenbecken in Vegesack."

Gemurmel ging durch die Runde.

„Das war noch nicht alles. Der Fingerabdruck stimmt ebenfalls überein mit einem Fingerabdruck, den wir in der Küche des ÜWH's gefunden haben, in der der Wachmann niedergeschlagen wurde. Auch das Blut vom Tatort in St. Magnus, welches wir bisher nicht zuordnen konnten, ist identisch mit dem Blut des Toten vom Vegesacker Museumshaven."

„Das sind gute Neuigkeiten Uwe."

Kai stand auf und wollte übernehmen.

„Das ist noch nicht alles. Im Blut des Toten vom Hafenbecken haben wir ein starkes Schlafmittel gefunden. Die Dosis muss so hoch gewesen sein, dass er daran gestorben ist. Ich gehe davon aus, dass es ihm injiziert wurde und er dann in das Hafenbecken gefallen ist."

10.

Als Jamal an diesem Abend die Wohnung seines Freundes verließ, nahm er alle seine Sachen mit. Er hatte die Wohnung, in der er die letzten Tage gelebt hatte, nein die ihm einen sicheren Unterschlupf gegeben hatte penibel gesäubert und alle seine Dinge in seinen schwarzen Rucksack verstaut. Sein Freund würde morgen wieder zurück sein von seiner Reise und er wollte ihn nicht unnötig in Gefahr bringen. Er setzte sich seinen Rucksack auf und steckte sein

Handy in seine Hosentasche. Tarek hatte noch nicht zurückgerufen und Jamal wurde langsam nervös. Er schaute aus dem Fenster zum Vegesacker Hafen. Es wimmelte von Menschen dort unten. Der Tag war wunderschön und sonnig gewesen und es war Freitagabend. Das Wochenende stand vor der Tür und viele Menschen genossen den Ausklang des Tages mit einem Spaziergang am Hafen und läuteten das Wochenende ein, in dem sie sich am Utkiek in den Kneipen mit Freunden trafen.

Er konnte sehen, dass am Spielschiff am Hafenwald ein reges Treiben herrschte. Er wollte sich unter die Menschen mischen, bis sich Tarek meldete. In seine Wohnung konnte er nicht zurück.

Als er unten auf der Straße ankam, ging er zum Museumshaven. Der Tatort war noch immer abgesperrt und es stand eine kleine Gruppe davor und diskutierte. Einer hielt den Weser Kurier in der Hand und schüttelte den Kopf.

„Ich habe den hier noch nie gesehen."

Jamal näherte sich der Gruppe und versuchte einen Blick auf die Zeitung zu erhaschen. Auf der Titelseite war eine Phantomzeichnung des Toten. Es war Hamza, Jamal war sich sicher.

„Hast du den hier schon mal gesehen?" Der Mann hielt Jamal die Zeitung hin und die anderen Männer lauschten gespannt auf seine Antwort.

„Nein, den kenne ich nicht."

Schnell drehte sich Jamal weg und ging weiter in Richtung Spielschiff. Das fröhliche Kindergeschrei lenkte ihn ein wenig ab. Ein kleiner Junge lief weinend an ihm vorbei zu einer Frau, die auf einer Bank am Rand des Spielplatzes saß. Die Frau tröstete den Kleinen und er hörte wie sie Arabisch mit dem Jungen sprach. Sie kam aus Syrien, das hörte er an ihrem Dialekt. Sie erinnerte Jamal an seine eigene Mutter. Er hatte sie das letzte Mal gesehen, als er 15 Jahre alt war.

Es war an einem Sommertag im August, im Jahr 2012 am frühen Morgen. Sie winkte ihm zum Abschied und er winkte zurück. Dann stieg er in den Schulbus, der ihn in das Zentrum von Al - Hasaka brachte, wo sich seine Schule befand. Als er zurückkam, war an dem Platz, wo seine Mutter ihn am Morgen verabschiedet hatte ein großes Loch im Boden und überall lag Schutt. Das ganze Dorf war auf den Beinen und die Menschen liefen hektisch und schreiend herum. Eine Rakete hatte sich verirrt und das Haus der Familie getroffen. Es hatte keiner überlebt. Seine Mutter war mit seinem kleinen Bruder im Haus gewesen, es war nichts mehr von ihnen übrig. Jamals Vater war zu dieser Zeit an der Front. Er fiel einige Wochen später als Märtyrer für sein Land.

Das Klingeln einer Fahrradglocke riss ihn aus seinen trüben Gedanken.

„Entschuldigung", er sprang zur Seite.

Er ging weiter Richtung Utkiek. Die Schiffe im Museumshaven schaukelten auf dem Wasser der Weser und die Sonne reflektierte an dem Chrom eines modernen Sportbootes und blendete ihn. Im letzten Jahr war er oft hier unten am Hafen gewesen, zusammen mit Nabeel und anderen Freunden.

Am Utkiek waren viele Tische aufgebaut. Die meisten waren bereits besetzt. Vor den Hafenwirt sah er einen kleinen freien Tisch, da wollte er sich hinsetzen. Als die Bedienung kam bestellte er sich ein Wasser.

Er saß wohl eine Stunde dort und nippte immer wieder an seinem Wasser, als ihm ein Mann ins Auge fiel, der an der Brüstung gelehnt stand und immer wieder zu ihm rüber schaute. Jamal hatte ihn noch nie zuvor gesehen.

Er stand auf und schlenderte unauffällig in den Hafenwirt rein, um an dem Tresen sein Wasser zu bezahlen. Durch das Fenster sah er, wie der Mann telefonierte und den Eingang der Kneipe nicht aus den Augen verlor.

Jamal verließ die Kneipe und ging schnellen Schrittes zum Kito - Platz. Das Restaurant Loui & Jules war gefüllt mit Gästen. Die Bedienung lief mit einem Tablett Sektgläser durch eine Gruppe Menschen, die sich vor dem Eingang versammelt hatten und verteilte diese unter den Gästen. Jamal nahm die Treppe hoch ins Restaurant. Oben angekommen drehte er sich noch einmal um und sah nun den Mann an der Straße vor dem „Laden 38" stehen. Nun war er sich sicher, dass dieser ihm folgte. Sein Puls stieg an und seine Gedanken rasten.

Im Restaurant gab es eine Treppe nach unten und einen Gang nach hinten. Er entschied sich für den Gang nach hinten und stieß fast mit einer Frau zusammen, die ihm mit zwei Tellern in dem schmalen Gang entgegenkam.

„Entschuldigen sie bitte", rief er hastig und lief weiter nach hinten durch. Rechts sah er die Küche des Restaurants, in der ein reges Treiben herrschte. Auf der linken Seite befand sich eine geöffnete Tür, an der ein Mann stand und rauchte.

„Entschuldigung, darf ich mal?"

„Moment, hier könne sie nicht lang", protestierte der Mann.

Aber Jamal war schon vorbei, sprang über einen kleinen Mauervorsprung und verschwand zwischen den Häusern. Kurze Zeit später erreichte er die Straße „Zur Vegesacker Fähre". Atemlos schaute er sich um. Auf der anderen Seite sah er die Strandlust, die durch einen Zaun abgesperrt war. Er sprintete über die Straße und kletterte über den Zaun. Die Dunkelheit verschluckte ihn.

Er öffnete die Augen, es war stockdunkel. Sein Kopf schmerzte und das Atmen fiel ihm schwer. Er konnte sich an nichts erinnern. Er spürte den Geschmack von Staub auf der Zunge. Was war passiert? Er war doch auf dem Weg zur Polizei gewesen und dann? Er konnte seine Beine nicht bewegen, sie waren taub.

„Hallo!"

„Hallo, ist hier jemand?"

Er erhielt keine Antwort. Langsam begann wieder Gefühl in seine Beine zu kommen. Er fühlte, dass er auf einem Bett lag und versuchte sich aufzurichten. Als er seine Beine wieder vollständig spürte, stand er langsam auf. Mit den Händen voran tastete er sich an der Wand entlang bis er zu einer Tür kam, sie war verschlossen. Er ertastete einen Lichtschalter und war erstaunt, als das Licht anging. Der Raum war nicht groß. In der Ecke stand ein Bett, direkt neben einem Fenster, welches vernagelt war. Der Griff war abgeschraubt. Auf einem Tisch stand eine Flasche Wasser und ein Apfel lag daneben.

„Guten Morgen", Hanna kam schwerbepackt mit einem Karton Berliner durch die Tür in Kais Büro.
„Ich habe uns da mal eine kleine Stärkung für heute Nachmittag mitgebracht."
Kai legte den Telefonhörer auf und grinste Hanna an.
„Ich hatte gerade einen sehr interessanten Anruf."
„Was Neues zu unserem Fall?", Hanna horchte auf.

„Ja, jemand glaubt in den Toten einen Nachbarn erkannt zu haben."

„Wo geht's hin Kai?"

„Scheringerstraße, lass uns gleich losfahren."

Kai lenkte das Auto in Lesum direkt auf die A270 Richtung Blumenthal.

„Hat der Mann gesagt wann er ihn das letzte Mal gesehen hat oder wie sein Nachbar heißt?"

„Nein. Er hat nur gesagt, dass er ganz neu eingezogen ist und er ihn bisher nur zwei Mal im Treppenhaus begegnet war. Er wohnt eine Etage über ihm."

Sie fuhren auf der Landrat – Christians – Straße vorbei am Löhsportplatz bis zur Margaretenallee. Auf der rechten Seite lag das ehemalige Verwaltungsgebäude des Bremer Vulkan. Seit einigen Jahren befand sich hier die Erstaufnahmeeinrichtung Bremen für geflüchtete Menschen.

„Hier rein, in die Margaretenallee, dann gleich wieder links in die Scheringerstraße.", sagte Hanna.

„Da vorne müsste es sein."

Kai hielt vor einem Hochhaus und überprüfte die Adresse in den Unterlagen.

„Ja hier ist es. Torsten Roland, dritte Etage links."

„Na dann lass uns den Herrn mal besuchen."

Kai und Hanna stiegen aus dem Auto aus. Auf der Wiese vor dem Hochhaus spielten Kinder mit einem Ball. Das Hochhaus lag etwas versetzt nach hinten. Trotz der Fülle der Klingelschilder hatten sie den Namen T. Roland schnell gefunden. Hanna klingelte.

„Hallo, wer ist da?"

„Guten Morgen Herr Roland. Hier ist die Kripo Bremen. Kai Siemer mein Name. Wir hatten heute Morgen miteinander telefoniert."

„Moment."

Kurz darauf erklang der Summer und Kai und Hanna betraten das Haus. In der kleinen Eingangshalle gab es einen Fahrstuhl und es ging ein Treppenhaus davon ab. Sie entschieden sich für die Treppe.

In der dritten Etage angekommen, wurden sie schon an der Tür erwartet.

„Sie sind Torsten Roland?"

„Ja, kommen sie bitte rein."

Torsten Roland war ein Mann Mitte 40 von schlanker Statur und einem gepflegten Äußerem.

Er führte Kai und Hanna durch einen kleinen Flur in das Wohnzimmer. Das Wohnzimmer war recht spärlich eingerichtet und sehr ordentlich.

„Bitte, setzen sie sich."

„Danke."

Kai holte das Foto des Toten aus seinen Unterlagen und legte es Torsten Roland noch vor.

„Sie glauben also, dass es sich bei dem Toten um ihren Nachbarn handeln könnte?"

„Ja, ich bin mir sogar ziemlich sicher. Ich habe ihn zwar erst zwei Mal kurz im Treppenhaus gesehen, aber er sieht ihm schon sehr ähnlich."

„Wann haben sie ihn das letzte Mal gesehen?"

„Das war letzte Woche Mittwoch. Ich wollte gerade zur Arbeit und er stand vor seiner offenen Wohnungstür und schien auf jemanden zu warten. Wir haben uns nur kurz gegrüßt, dann bin ich weiter gegangen. Ich hatte es auch eilig und war spät dran."

„Haben sie sonst irgendetwas von ihm mitbekommen oder gesehen, dass er mal Besuch bekam?"

„Ach wissen sie, man hat hier nicht viel mit den Nachbarn zu tun. Mal sieht man sich im Treppenhaus, mal vor dem Haus. Jeder geht seine eigenen Wege. Vom Ansehen her kenne ich schon die meisten. Aber was sie so machen, Privat oder beruflich, weiß ich nicht."

„Wir danken ihnen Herr Roland. Sie haben uns sehr geholfen. Wir werden jetzt mal runter zu ihren Nachbarn gehen."

„Bitte, gern geschehen. Es ist genau die Wohnung unter mir."

„Auf Wiedersehen, Herr Roland."

Auf dem Klingelschild an der Wohnungstür waren nur die Initialen H.M. geschrieben.

Hanna klingelte zwei Mal. Hinter der Tür regte sich nichts.

„Es ist fraglich, ob wir einen Durchsuchungsbeschluss bekommen, nur auf Grund der Tatsache, dass ein Nachbar ihn erkannt haben will", sagte Kai.

„Das wird in der Tat schwierig werden. Ich würde sagen, ich rede mit dem Staatsanwalt und wir versuchen über den Vermieter den vollständigen Namen des Mieters herauszubekommen", antwortete Hanna.

Als die beiden wieder unten vor der Haustür angekommen waren, suchten sie die Klingelschilder nach dem Namen ab.

„Die Initialen H.M. treffen nur auf diesen Namen zu", sagte Hanna und zeigte auf ein Klingelschild mit der Aufschrift H. Mohamad.

„Schau, es befindet sich auch direkt unter der Klingel von Herrn Roland."

„Ja. Das ist wahrscheinlich. Wir kontaktieren jetzt den Vermieter oder wir können die Daten auch über das Meldeamt herausfinden."

„Du hast Recht Kai, das ist wahrscheinlich viel einfacher. Ich setze mich gleich mit dem Staatsanwalt in Verbindung."

„Wenn du dich jetzt ganz still verhältst, dann passiert dir nichts."

Der Chef persönlich stand plötzlich in der Tür seines kleinen Gefängnisses. Omar hatte ihn lange Jahre nicht mehr gesehen. Das letzte Mal, als sie noch zusammen in einer Einheit waren. Als Hamza ihn damals zu sich geholt hatte, wusste er noch nicht, dass er der Kopf des ganzen war. Und jetzt fast zehn Jahre später, stand er einfach so vor ihm.

„Was hast du mit mir vor. Warum habt ihr Hamza getötet?"

„Das war ein Unfall. Er sollte nicht sterben."

„Und was passiert jetzt mit mir?"

„Für dich geht es jetzt zurück. Ist zu gefährlich hier geworden. Man könnte dich finden und so wie ich dich kenne, wirst du deine Klappe nicht halten können."

„Zurück? Nach Syrien?"

„Du hast es erraten, mein Freund. Wir fahren jetzt rüber mit der Fähre nach Lemwerder. Von dort geht es mit einem Sportflugzeug nach Berlin und dann direkt nach Beirut und weiter nach Damaskus. Man erwartet dich schon. Dir werden neue Aufgaben zugeteilt."

„Und hier? Wer erledigt den Rest?"

„Das werde ich persönlich übernehmen und dann komme ich nach."

Es war hell, als sie aus dem Haus traten. Omar hatte völlig die zeitliche Orientierung verloren, aber es schien noch früh am Morgen zu sein. Er kannte das Haus nicht in dem er gefangen gewesen war und auch die Straße kannte er nicht. Vor dem Haus parkte ein schwarzer Golf mit Bremer Kennzeichen, zu dem sie nun gingen und einstiegen. Auf dem Fahrersitz saß ein Mann, den Omar ebenfalls noch nie gesehen hatte. Sie fuhren eine kleine Straße entlang. Omar konnte das Straßenschild erkennen, Blauholzmühle. Sie fuhren noch ein wenig durch die Straßen, bis sie auf die A270 in Richtung Vegesack kamen.

Es war drückend an diesem Morgen. Die Sonne hatte sich hinter dicken Wolken versteckt und konnte diese nicht verdrängen. Er wusste jetzt wieder wo er war. Diesen Weg kannte er. Es war der Weg zur Fähre in Vegesack, die ihn über die Weser nach Lemwerder bringen würde.

Zurück auf dem Revier hatte Peter endlich die Vertragsdaten der Handynummer bekommen, die Nabeel an dessen letztem Abend angerufen hatte.

„Volltreffer! Der letzte Anrufer auf der Liste war ein gewisser Ahmad Said, laut Vertrag wohnhaft in der Lindenstraße 110."

Das ist die Erstaufnahme im alten Vulkanverwaltungsgebäude", sagte Hanna sofort.

„Das heißt er ist hier ganz legal als Geflüchteter eingereist und hat sich registrieren lassen."

„Das sieht ganz so aus Hanna. Wir wissen natürlich nicht, ob er dort noch wohnt. Der Vertragsabschluss ist schon fast fünf Monate her."

„Ok, dann fahren wir da jetzt mal hin und versuchen das herauszufinden."

Das Eingangstor der Erstaufnahme war geschlossen. Als Hanna und Kai vor dem Tor hielten, kam ein Security Mitarbeiter aus einem kleinen Häuschen zu ihnen.

„Guten Morgen, was kann ich für sie tun?"

Kai kurbelte die Fensterscheibe herunter und hielt seine Karte hin.

„Kripo Bremen. Wir haben einige Fragen zu einem Bewohner der Erstaufnahme."

„Ich lasse sie rein. Fahren sie ganz durch und dann hinten rechts. Sie fahren dann direkt auf den Eingang zu."

Der Mann ging zurück zu seinem Häuschen und das große Tor öffnete sich langsam.

Kai und Hanna fuhren die kleine Straße bis sie am Ende eine Biegung nach rechts machte. Der Platz vor dem Eingang war gefüllt mit Menschen. Kai fuhr vorsichtig an ihnen vorbei und parkte neben einem Holzhäuschen, an dem Fahrradwerkstatt stand. Es gab einen Spielplatz, auf dem viele Kinder spielten. Dahinter befand sich ein Fußballplatz. Als Kai und Hanna ausstiegen, hatte sich die Sonne gerade ihren Weg durch die dicken Wolken gebahnt. Es versprach wieder ein heißer Tag zu werden.

Am Eingang war erneut ein Büro, mit einer Schiebetür aus Glas, in dem mehrere Mitarbeiter der Security saßen.

„Kripo Bremen, guten Morgen. Wir würden gerne mit der Leitung der Einrichtung sprechen."

„Einen kleinen Moment bitte."

Der Mitarbeiter griff zum Telefonhörer und wählte eine Nummer. Danach kam er zurück.

„Gehen sie bitte die Treppe hier rechts hoch. Es kommt ihnen jemand entgegen, der sie in das Büro der Leitung bringt."

„Alles klar, danke schön."

Kai und Hanna gingen eine große geschwungene Treppe nach oben in den ersten Stock. Oben stand schon eine junge Frau, die die beiden in Empfang nahm.

„Hallo, sind sie die Herrschaften von der Polizei?"

„Ja. Das ist Hanna Wolf und ich heiße Kai Siemer."

„Kommen sie bitte hier entlang, ich bring sie zu Frau Maler, die Leitung der Ersteinrichtung.

Hanna und Kai folgten der jungen Frau durch einen schmalen Gang, vorbei an vielen kleinen Türen.

„So hier ist es schon."

Die Tür zu diesem Büro stand offen. Hinter dem Schreibtisch saß eine junge schlanke Frau.

„Kommen sie bitte rein."

„Guten Morgen. Hanna Wolf mein Name und das ist mein Kollege Kai Siemer. Wir hätten da einige Fragen zu einem Bewohner ihrer Einrichtung", Hanna gab der Frau ihre Karte.

„Es geht um Ahmad Said. Er ist oder war hier bei ihnen gemeldet. Können sie uns Auskunft darüber geben, ob er hier noch wohnt oder verlegt wurde?"

„Leider darf ich ihnen aus Datenschutzgründen darüber keine Auskünfte geben. Das tut mir leid. Es sei denn, sie haben einen richterlichen Beschluss?"

„Nein, das haben wir leider nicht, noch nicht", sagte Kai ein wenig resigniert.

„Aber ich kann ihnen eine Telefonnummer der Behörde geben."

„Danke, das ist sehr nett. Das wussten wir nicht, dass wir diese Auskünfte nicht bekommen."

„Ja, das sind leider die Vorschriften", sagte Frau Maler.

Nur mit einer Telefonnummer bestückt verließen Kai und Hanna das Büro wieder.

Während sie zum Revier zurückfuhren, gab Hanna die Telefonnummer bereits an Peter weiter und bat ihn, sich darum zu kümmern.

11.

Das Handy klingelte lautlos.

„Endlich!", dachte Jamal.

„Tarek, ich habe schon gedacht du meldest dich überhaupt nicht mehr."

„Wo bist du Jamal?"

„Ich habe die Nacht im Stadtgarten verbracht. Ich bin mir sicher, dass man mich beobachtet hat, als ich gestern an der Weser gesessen habe, aber ich konnte entkommen."

„Konntest du nicht in die Wohnung zurück?"

„Nein, mein Freund kommt heute zurück und ich wollte ihn nicht in Gefahr bringen."

„Du hast Recht, das wäre zu gefährlich. Hast du die Informationen bei dir?"

„Ja, die habe ich immer bei mir", Jamal lächelte still in sich hinein.

„Die kann ich gar nicht verlieren, unmöglich."

„Ok, pass auf. Wir haben beschlossen, dass es an der Zeit ist die Bombe hochgehen zulassen. Es sind schon zu viele gestorben und auch Salim und ich werden heute Nacht ausreisen. Die Zeit ist perfekt jetzt. Viele von ihnen sind bereits in Europa angekommen."

„Ok, dann gehe ich jetzt zur Polizei?"

„Fühlst du dich sicher dort wo du jetzt bist?"

„Ja, ich denke schon. Ich werde jetzt hier direkt hochgehen. Es gibt hier im Stadtgarten mehrere Aufgänge zu einer belebten Straße. Dort nehme ich mir ein Taxi und fahre direkt zur Polizei. Ich habe die Karte der Polizistin bei mir, die den Fall bearbeitet."

„Gut. Melde dich, wenn alles in trockenen Tüchern ist."

Die Häuser wurden immer kleiner und kleiner, als das kleine Sportflugzeug langsam an Höhe gewann.

In Omar machte sich eine freudige Erwartung breit. Er war froh, dass er dieser Situation lebend entkommen konnte und dass die Polizei ihn nicht geschnappt hatte. Bald würde er wieder zuhause sein. Er vermisste seine Heimat sehr. Ohne diesen Auftrag wäre er nie nach Deutschland gekommen. Aber alles war akribisch bis ins kleinste Detail geplant worden. Als er in Deutschland angekommen war, musste er sich wie ein normaler syrischer Flüchtling registrieren lassen und das ganze Procedere durchlaufen. Nur noch ein paar Stunden und dann würde er in Richtung Syrien auf und davon sein. Dort würde ihn keine Strafe erwarten. Er würde als Held gefeiert werden.

Manchmal wünschte er, dass er sich auf die ganze Geschichte nicht eingelassen hätte. Aber es war eine gute Wahl gewesen aus dem Kampfgeschehen an der Front herauszukommen. Vielleicht würde er jetzt in irgendeinem Lager sitzen und dahinvegetieren, wie so viele Syrer. Viele hatten ihre Häuser verloren und mussten innerhalb Syriens fliehen vor dem Regime, dem Islamischen Staat oder vor den Bomben der Iraner und Türken. Keiner, der das nicht miterlebt hatte konnte wissen, wie es sich anfühlt alles verloren zu haben, ohne Hoffnung jemals wieder in Frieden zu leben. Es klang wie eine Entschuldigung, die er sich immer und immer wieder vorbetete, sobald ihn das schlechte Gewissen packte.

Er lehnte sich zurück und schaute aus dem kleinen runden Fenster des Flugzeuges.

„Ich will versuchen ein wenig zu schlafen.", dachte Omar bei sich.

Im Konferenzraum auf dem Revier im Lesum saßen alle Mitarbeiter, die an dem Fall arbeiteten zusammen, tranken Kaffee, aßen die Berliner, die Hanna am Morgen mitgebracht hatte und brachten sich auf den neuesten Stand.

„Also, über die Meldestelle habe ich herausgefunden, dass in der Wohnung in der Scheringerstraße ein gewisser Hamza Mohamad gemeldet ist. Sie haben mir auch gleich das Foto vom Aufenthaltstitel per Mail zugeschickt. Hier ist es."

Ein Raunen ging durch den Raum, als Peter das ausgedruckte Foto hochhielt.

„Da hat sich mein Anruf bei der Staatsanwaltschaft wohl erledigt", sagte Hanna.

„Der Nachbar hat tatsächlich Recht gehabt. Es ist der Tote vom Museumshaven."

„Ja und ich habe noch mehr gute Neuigkeiten. Dadurch, dass Ahmad Said sowohl der letzte Kontakt von Nabeel war, als auch die letzte Nummer die Ibrahim Sulaiman, der Tote in Kiel kurz vor seinem Tod angerufen hat, hat der Staatsanwalt uns einen Beschluss gegeben und wir können seine aktuelle Adresse anfragen. Ich habe schon Kontakt mit dem Migrationsamt aufgenommen und sie schicken uns die Akte gleich per Mail zu.

„Dann warten wir darauf noch und fahren dann mit zwei Teams los. Ein Team zur Adresse von Ahmad Said und das zweite Team geht in die Wohnung in die Scheringerstraße. Alle einverstanden?"

„Die Wohnungstür ist offen."

Kai hatte den Hausmeister der Wohnanlage in der Scheringerstraße erreicht, der mit seinem General-schlüssel die Wohnungstür öffnete.

„Danke Herr Laban. Gibt es noch einen Keller zu der Wohnung?", fragte Kai.

„Nein die Wohnungen haben alle keinen Keller. Brau-chen sie mich noch?"

„Nein, sie können gehen."

Kai öffnete vorsichtig die Tür und ging in die Woh-nung. Die Wohnung war identisch mit der Wohnung von Torsten Roland, der eine Etage höher wohnte.

Mit Britta von der KTU und noch zwei weiteren Be-amten begannen sie sich in der Wohnung umzu-schauen. Die Wohnung war so gut wie leer. Es war nur ein Bett in dem 1–Zimmer Appartement, ein Sofa und ein provisorischer Kleiderschrank aus Stoff. In der Küche gab es einen Tisch, zwei Stühle, einen Kühlschrank und einen Herd.

„Das sieht nicht so aus, als hätte er einen längeren Aufenthalt geplant."

Kai öffnete den Kühlschrank, der ein wenig Käse, Milch und Joghurt enthielt.

„Er hat auf alle Fälle einen Gast gehabt", sagte Britta und zeigte auf das Sofa, welches als Bett hergerichtet war.

„Und hier, schau! Zwei Paar Schuhe in verschiedenen Größen."

„Vielleicht war sein Gast der zweite Mann, der mit ihm war, als er Massoud vor dem Übergangswohnheim angesprochen hat und damit aller Wahrscheinlichkeit auch unser zweiter Täter."

„Wurde er von Massoud eigentlich identifiziert auf den Fotos von Jamal?", fragte Britta.

„Er hat einen Mann identifiziert, war sich aber nicht sicher. Ich glaube hier finden wir nicht viel. Keinerlei Papiere, nur ein wenig Kleidung."

„Er wusste wie man keine Spuren hinterlässt", sagte Britta, während sie versuchte einige Haare aus der Bürste im Badezimmer zu sichern und die Zahnbürste einpackte.

„Schau mal hier!" Kai zog ein Foto zischen den Hosen hervor.

„Es ist nicht beschriftet, aber es zeigt einige bekannte Gesichter. Hier ist Jamal, Nabeel und unsere zwei Toten aus Kiel und Hamburg. Es sieht so aus, als hätten sie den Auftrag gehabt zu töten. Aber warum? Was war der Grund, die Männer aus dieser Einheit auszuschalten? Es muss etwas mit dem Militär zu tun haben. Das wäre meine einzige Erklärung."

„Ja da magst du Recht haben. Ich bin gespannt was Hanna hat."

Hanna war noch ins Büro gegangen, nachdem Kai sich mit seinem Team auf den Weg zur Wohnung von Hamza Mohamad gemacht hat. Sie wollte noch ihre Mails lesen und wartete auf die Adresse von Ahmad Said.

„Ach Hanna!"

„Ja Peter. Hast du die Adresse bekommen?"

„Nein noch nicht, aber etwas was dich auch sehr freuen wird. Du hast Besuch."

Hanna blickte auf. Neben Peter stand Jamal und lächelte schüchtern als Begrüßung.

„Herr Bakir!"

Hanna sprang überrascht auf.

„Wir suchen sie schon so lange. Ich bin so froh sie zu sehen. Kommen sie, setzen sie sich."

Jamal betrat langsam Hannas Büro und setzte sich auf den freien Stuhl vor dem Schreibtisch.

„Möchten sie etwas trinken?", fragte Hanna.

„Einen Kaffee, Tee oder Wasser?"

„Ein Tee wäre schön, danke."

Jamal atmete tief durch.

„Es tut mir leid, ich wollte keine Schwierigkeiten machen. Aber es war gefährlich, ich musste auf Anweisungen warten."

„Jetzt sind sie ja hier. Ich bin froh, dass ihnen nichts passiert ist. Wir haben uns Sorgen gemacht. Können sie uns etwas mehr über den Mord erzählen?"

„Ja, ich kann ihnen alles erzählen. Einen Moment. Haben sie eine Schere für mich?"

Hanna schaute verständnislos, gab Jamal dann aber ihre Schere. Dieser zog seine Jacke aus, drehte sie auf links und machte sich hinter der Seitentasche an dem Stoff zu schaffen. Nur eine Minute später hielt er eine kleine Speicherkarte in der Hand, die er Hanna mit einem triumphierenden Gesichtsausdruck vor die Nase hielt.

„Hier finden sie die Erklärung für alles."

„Was ist auf der Speicherkarte."

„Videos, Dokumente, Namen. Schauen sie es sich in aller Ruhe an."

Peter kam mit einem Tee ins Büro.

„Peter, ich brauche deine Hilfe."

Hanna hielt die Speicherkarte hoch.

„Kannst du die Daten von dieser Speicherkarte auf dem Computer im Konferenzraum überspielen?"

„Das dürfte kein Problem sein."

„Herr Bakir, sie können sich gerne nebenan in unseren Aufenthaltsraum setzen. Ich lass ihnen noch etwas zu Essen bringen. Sobald wir alles auf dem Computer haben hole ich sie dazu, damit sie uns alles erklären können."

Eine Stunde später saß eine kleine Gruppe vor dem Computer im Konferenzraum und starrte auf den Bildschirm. Kai war mittlerweile wieder im Büro eingetroffen und Hanna hatte noch einen Übersetzer dazugeholt, falls es sprachliche Schwierigkeiten geben sollte. Die Gruppe hing gebannt an Jamals Lippen, während dieser erst etwas schüchtern, aber dann immer freier alles beschrieb, was zu sehen war.

„Alles was sie hier sehen hat sich in Damaskus und Idlib abgespielt. Eine Gruppe Männer waren von Assad beauftragt worden die Demonstrationen gegen die syrische Regierung niederzuschlagen. Die Demonstrationen waren friedlicher Natur, aber die Männer haben wahllos in die Menge geschossen. Es wurden viele Demonstranten festgenommen und in Gefängnissen gefoltert, um Namen von Führern der Opposition herauszubekommen. Die Männer wurden teilweise an die Front geschickt und mussten dort ohne Schutz, inmitten von Artilleriefeuer Sandsäcke zum Schutz für die Soldaten aufbauen. Sie wurden misshandelt und es wurden schlimme Kriegsverbrechen an ihnen begangen. Dabei hat die Gruppe mit dem syrischen Geheimdienst zusammengearbeitet."

Hanna musste tief durchatmen. Die Fotos waren grausam. Besonders ein kleines Video, auf dem zu sehen war wie Männer, deren Gesichter verbunden waren und deren Hände auf dem Rücken gefesselt waren, von maskierten Soldaten an eine Grube gebracht wurden und denen dann feige in den Rücken geschossen wurde, blieb tief in ihrem Gedächtnis verankert.

„Was hat das jetzt alles mit Nabeel und Ihnen zu tun und vor allem was für eine Rolle spielt Ahmad Said in der ganzen Geschichte?", fragte Kai, der ebenfalls mitgenommen von den Fotos war.

„Ahmad Said ist der Kopf der Gruppe gewesen. Er war der Mittelsmann zischen dem syrischen Geheimdienst und der Gruppe vor Ort. Er hat sich selten die Hände schmutzig gemacht. Aber wenn, dann war er besonders grausam. Der maskierte Mann in diesem kleinen Filmchen, der die Männer brutal von hinten erschießt, das ist Ahmad Said."

„Und was ist ihre Rolle dabei?", fragte Hanna.

„Unsere kleine Einheit war stationiert in Al - Hasaka. Ahmad hat uns ausgebildet. Es war von Anfang an geplant, dass wir für einen ähnlichen Einsatz ausgebildet werden sollten. Auch Hamza war zuerst in unserer Truppe, wurde dann aber abgezogen, später wurde noch ein Mann namens Omar aus unserer Gruppe abgezogen. Wir wurden im Jahr 2015 alle nach Damaskus verlegt. Wir sollten in Damaskus auf unseren Einsatz in Idlib vorbereitet werden. Wir haben heimlich gefilmt. Für uns war klar, dass wir nicht nach Idlib gehen würden. Als dann noch Salim, der jüngste von uns, bei der Ausbildung schwer verletzt wurde und ein Bein verlor, da haben wir den Entschluss gefasst, soviel Material wie möglich zu sammeln und dann zu fliehen. Auf der Fahrt nach Idlib sind wir dann alle desertiert und auf unterschiedlichster Weise nach Deutschland gekommen. Die Liste der Namen aller Verantwortlichen für die Massaker in Damaskus und Idlib ist ebenfalls auf der Speicherkarte. Fast alle sind mittlerweile ebenfalls nach Europa geflohen. Es sind furchtbare Kriegsverbrechen und Verbrechen gegen die Menschlichkeit geschehen. Irgendwann ist herausgekommen, dass wir alle Beweise und die Namen haben. Einige haben sich bereits in Deutschland eine neue Existenz aufgebaut und haben gedacht sie könnten alles vertuschen, aber wir wollten alles ans Licht bringen. Als sie zu mir gekommen sind und mir von Nabeel erzählt haben, war mir klar, dass wir auspacken müssen. Tarek, ein guter Freund von mir, der ebenfalls in unserer Einheit war, hatte mich gebeten noch zu warten. Er hat sich zu der Zeit noch in Syrien befunden, zusammen mit Salim und musste erst in Sicherheit sein."

„Wussten sie, dass auch Ibrahim Sulaiman und Amir Kara tot sind?"

Jamal wurde bleich.

„Nein, das habe ich nicht gewusst. Wir müssen alle aus der Gruppe warnen und Ahmad muss endlich gefasst werden. Er ist der Kopf, alle hören auf ihn."

„Mohammad Safir und Ibrahim Kufta sind beide sicher."

„Gott sei Dank."

„Haben sie eine Idee, wer der zweite Mann ist, der mit Hamza zusammengearbeitet hat, Jamal?"

„Das kann eigentlich nur Omar sein. Ich hatte ja schon von ihm erzählt. Er war ebenfalls in unserer Einheit, wie Hamza auch. Erst wurde Hamza abgezogen und später folgte Omar."

„Wir werden versuchen herauszufinden, wo sich Ahmad Said aufhält. Ich möchte sie bitten zu ihrem Schutz hier bei uns auf dem Revier zu bleiben. Wir können sie in einer Schutzwohnung unterbringen, bis er gefasst ist."

Hanna und Kai saßen zusammen im Büro, als Peter dazu kam.

„Das Migrationsamt hat keine neue Adresse zu Ahmad Said. Laut deren Unterlagen, ist er nie zu dem Termin für die Verlängerung seines Aufenthaltstitels erschienen."

„Großartig. Wie machen wir den Mann jetzt ausfindig?"

Hanna war immer noch mitgenommen von Jamals Geschichte und auch die Folterfotos hatten sich in ihren Kopf eingebrannt.

„Das wird tatsächlich schwierig. Obwohl, ich hätte da eine Idee, aber nein. Vergiss es, das ist viel zu gefährlich."

„Wie ist deine Idee? Alles was uns hilft den Mann ausfindig zu machen, ist jetzt wichtig."

„Naja, Jamal hat doch erzählt, dass man ihn schon einmal gefunden hat. Gestern Abend, als er am Utkiek saß. Vielleicht könnten wir ihn als Lockvogel…?"

„Nein Kai, das ist viel zu gefährlich."

„Sag ich ja."

„Obwohl, wenn wir mit der Spezialeinheit zusammenarbeiten. Jamal ist ebenfalls gut ausgebildet. Komm wir gehen zu Hartmut und besprechen es mit ihm. Falls er sein Ok gibt, sprechen wir mit Jamal.

„Ich mach es."

„Sind sie sich ganz sicher, dass sie es sich zutrauen?", Hanna schaute Jamal genau ins Gesicht, versuchte in seinen Augen zu lesen.

„Ja, ich mach es. Ahmad muss endlich zur Rechenschaft gezogen werden für alles, was er hier und in Syrien getan hat. Und die anderen auch. Alle Namen, die ich ihnen gegeben habe, alle die damit zu tun hatten und haben."

Jamal wirkte entschlossen und Hanna war zuversichtlich, dass er es schaffen kann.

„Ok", Kai legte Jamal väterlich die Hand auf seine Schulter.

„Die Namen der anderen laufen gerade durch den Computer. Wir versuchen möglichst zeitgleich zuzuschlagen, damit niemand gewarnt werden kann."

Jamal atmete tief durch. Sein Blick war fest und zuversichtlich.

„Wir bringen sie jetzt in die Schutzwohnung, aber stellen sie sich darauf ein, dass es stündlich los gehen kann."

12.

Jamal saß wie auf einem Präsentierteller bereit. Schon am frühen Abend kamen Hanna und Kai in die Schutzwohnung, in der er untergebracht war. Mit dabei der Chef der SEK-Spezialeinheit, der Jamal eine Stunde lang genaue Instruktionen gab. Dann wurde er verkabelt und bekam Spezialkleidung. Kleidung, die ihn vor Messerstichen und Schüssen so gut wie möglich schützen sollte.

Nun saß er an einem kleinen Tisch vor dem Hafenwirt am Utkiek und schlürfte eine Cola. Er versuchte
sich so auffällig wie möglich zu benehmen. Er machte
Selfis von sich, so dass man genau sehen konnte wo
er sich befand und stellte diese in seine Story. Es bestand die Möglichkeit, dass unter seinen Kontakten
jemand war, der ihn verraten würde, so die Idee der
Polizei. Man ging davon aus, dass Jamal am Utkiek
relativ sicher war. Die Täter oder vielmehr Ahmad
würde sich nicht dazu hinreißen lassen hier zuzuschlagen. Gut ein Viertel der Gäste in den umliegenden
Kneipen des Utkieks waren Polizeibeamte. Bisher
hatte Jamal noch nichts Auffälliges entdeckt. Er
schlenderte durch den Walkiefer, lehnte sich daran
und machte erneut ein Selfi, um es in seine Story ein-
zustellen. Dann ging er weiter zur Weser und blickte
auf das Wasser. Es war ablaufend Wasser an diesem
Abend. Die Sonne ging schon unter und hinterließ einen bunten Schimmer auf dem Wasser.

Jamal spazierte die Weserpromenade bis zum Schlepper Regina herunter. Kurz vor der Regina saßen hinter dem Geländer viele Angler, die versuchten in der Abenddämmerung noch einen guten Fang zu machen. Danach ging er hoch in die Schulkenstraße und bog dann rechts ab in die Weserstraße. Hier war zu dieser späten Stunde kaum noch jemand auf den Beinen. Sein Körper spannte sich ein wenig an, er rechnete jeden Moment damit, dass Ahmad hinter einen Baum hervorsprang. Aber er wusste, dass er sicher war, zumindest so sicher, wie man in so einer Situation sein konnte.

Durch die Reeder-Bischoff-Straße ging er runter in Richtung Bahnhof Vegesack. Er wollte mit dem Bus in seine Wohnung fahren, um noch einige Dinge zu holen, die er für die nächsten Tage in der Schutzwohnung brauchen würde.

Die Schaufenster waren mittlerweile hell erleuchtet. Der Sommer neigte sich langsam dem Ende zu und einige Geschäfte hatten schon herbstlich dekoriert.

Am Bahnhof stieg er in den Bus der Linie 90 und stieg an der Haltestelle Constructer University wieder aus.

In der Clamersdorfer Straße war ihm bis zu seiner Wohnung nur ein Pärchen entgegengekommen. Der Fahrstuhl war endlich repariert und so fuhr er bis in den 7. Stock zu seiner Wohnung und schloss auf.

„Marhaba Jamal. Schön dich zu sehen."

Jamal fuhr erschrocken herum.

„Ahmad!"

„Mit mir hast du wohl nicht gerechnet, was? Wir gehen jetzt ganz langsam in deine Wohnung, ganz ruhig."

Ahmad stand genau hinter ihm und drückte ihm etwas Hartes in den Rücken. Langsam öffnete er die Wohnungstür und ging gefolgt von Ahmad rein. Dieser schloss die Tür und verriegelte sie von Innen.

„Los weiter."

Ahmad schob Jamal vor sich her bis in das Wohnzimmer und stieß ihn auf die Couch.

„Her mit den Daten!", zischte er.

„Was für Daten? Ich weiß nicht wovon du sprichst."

„Du weißt ganz genau was ich meine, verarsch mich nicht. Nabeel war schneller zu überzeugen. Er hat geredet bevor er…"

Jamal sprang auf und wollte sich auf Ahmad stürzen, doch dieser konnte ihn mit einem gekonnten Griff zurückstoßen.

Nun richtete er eine Pistole auf Jamal.

„Du glaubst doch nicht wirklich, dass du mir auch nur in entferntesten ebenbürtig bist Freundchen. Gib mir jetzt die Speicherkarte, sonst endest du genauso wie die anderen!"

Jamal griff vorsichtig in seine Jackentasche und zog die Speicherkarte heraus. Ahmad griff hastig danach.

„Du kannst vielleicht die Speicherkarte löschen, aber nicht die Erinnerungen in meinem Kopf."

„Ohne Beweise wird dir niemand glauben Jamal. Was bist du denn schon. Ein kleiner Flüchtling aus Syrien, der zu feige war zu kämpfen und desertiert ist und in Deutschland Zuflucht gesucht hat."

Ahmad lachte laut auf.

„Und ein leichtgläubiger Feigling dazu. Hast du wirklich geglaubt ich lass dich am Leben. Hast du denn so überhaupt nichts gelernt in deiner Ausbildung bei mir. Lösche jeden aus, der dir schaden kann. Das erste Gebot, welches ich euch beigebracht habe."

Ahmad zog seine Pistole und zielte auf Jamal. Jamal sprang auf und warf sich auf Ahmad, der überrascht von dieser Aktion die Pistole aus der Hand verlor. Gerade als er danach greifen wollte ertönte ein lauter Knall und der Raum füllte sich mit Nebel. Jamal warf sich auf den Boden und robbte sich in die Küche. Lautes Geschrei ertönte.

„Waffe weg, keiner rührt sich!"

Im gleichen Moment merkte Jamal wie sich jemand schützend auf ihn warf.

„Ganz ruhig. Es passiert ihnen nichts."

„Alles gesichert, wir haben ihn."

Mit zitternden Händen nahm Jamal den Becher mit Kaffee, den Hanna ihm ins Auto reichte. Die Anspannung der letzten Stunden wich langsam aus seinem Körper.

„Jamal, das haben sie sehr gut gemacht. Wir sind sehr stolz auf sie", Hanna lächelte ihm aufmunternd zu.

„Wir haben ihn, er wird ihnen nichts mehr tun."

„Was passiert jetzt mit ihm?", wollte Jamal wissen.

„Er wird angeklagt werden wegen Mord, Verbrechen gegen die Menschlichkeit und Kriegsverbrechen und eine gerechte Strafe erhalten", sagte Kai, dem genauso wie Hanna die Erleichterung ins Gesicht geschrieben stand.

„Und die anderen?"

Hanna schaute auf ihre Uhr.

„Also wenn alles gut läuft, dann machen genau in diesem Moment die Handschellen „Klick" auf dem Berliner Flughafen."

Jamal schaute sie verständnislos an.

„Wir haben erfahren das Omar Al-Hamid heute Abend um 20:30 Uhr für den Flug von Berlin nach

Beirut gebucht ist. Die Kollegen sind vor Ort und werden ihn direkt beim Einchecken festnehmen. Drei weitere Mittäter, die wir anhand ihrer Liste über das Bundesamt für Migration ausfindig machen konnten, stehen ebenfalls kurz vor der Festnahme."

Jetzt bahnte sich auch bei Jamal die Erleichterung seinen Weg.

„Sie können stolz auf sich sein. Sie haben mit ihren Informationen dazu beigetragen, diese Kriegsverbrecher auffliegen zu lassen."

„Leider kommt es für Nabeel, Amir und Ibrahim zu spät."

„Ich weiß und das ist sehr schlimm und tut uns unendlich leid. Aber sie sind jetzt in Sicherheit und zwei weitere Männer aus ihrer Einheit konnten auch gerettet werden."

„Ja, das stimmt", sagte Jamal.

„Werden sie nach Syrien ausgeliefert?"

„Nein, sie werden hier verurteilt und lange Haftstrafen absitzen müssen."

„Kann ich einen Moment für mich sein, bitte?"

„Aber natürlich."

Hanna schloss die Tür des Polizeiautos und ließ Jamal seinen Gedanken nachhängen.

Jamal zog ein Foto aus seiner Jackentasche und klappte es auseinander. Nabeel lachte ihn von dem Foto entgegen, so als wollte er ihm sagen: „Gut gemacht Habibi. Wir lieben dich."

Jamal nahm sein Handy, öffnete den Chatverlauf mit Tarek und schrieb: „Es ist vorbei."

ENDE

Mein Name ist Ines Allerheiligen und ich wohne mit meiner Familie im äußersten Norden von Bremen. Das Schreiben ist ein besonderes Hobby von mir. Begonnen habe ich mit dem Schreiben nach einer sehr persönlichen Geschichte, die ich in meinen ersten beiden Büchern "Good evening how are you" und "Alles gut?" verarbeitet habe. Hauptberuflich leite ich ein Übergangswohnheim für geflüchtete Menschen. Eine Arbeit die mich erfüllt und mir sehr viel Freude bereitet. Neben dem Schreiben gehört die arabische Sprache zu meiner Leidenschaft, die ich nun schon seit einigen Jahren fleißig lerne. Am liebsten schreibe ich Bücher nach wahren Begebenheiten, aber auch zwei fiktive Krimis, die in Bremen - Nord spielen gehören bereits zu meinen Werken. Die Geschichte um "Junis und Rasho" ist eine fiktive Geschichte mit geschichtlichem Hintergrund. Mein Buch "Letzte Ausfahrt Mekka" ist ebenfalls eine wahre Geschichte, die mir ganz besonders am Herzen liegt.

Politik hatte in meinem Leben bisher keine große Rolle gespielt. Doch als 2015 die große Flüchtlingswelle kam, schaute ich genauer hin. Überall in den Medien sah ich Menschenströme, die sich zu Fuß und über das Meer ihren Weg nach Deutschland bahnten. Damals habe ich nicht geahnt, dass ich schon bald einem Syrer helfen würde, in meine Heimat zu kommen. Es begann völlig harmlos mit "Good evening, how are you?" und entwickelte sich zu einer rasanten Flucht per WhatsApp. Alles gut? Diese Frage stellte er mir oft. Apo war in Deutschland! Ich hatte gedacht, alle könnten zur Ruhe kommen und positiv in die Zukunft schauen. Doch die deutsche Bürokratie und Apos Gefühlswelt sollten mir einen gewaltigen Strich durch meine Pläne machen. Auch hatte ich die Gefühle unterschätzt, die Menschen überwältigen, die ihre Heimat verloren haben und sich einem komplett neuen System gegenübersehen. Mitgerissen durch Apos Gefühlschaos fuhren auch meine Gefühle Achterbahn. Die anstrengendste Fahrt meines Lebens. Überarbeitete Neuauflage der Autobiografien "Good evening, how are you?" und "Alles gut?" in einem Doppelband.

2015 - Junis und Rasho, zwei junge Männer aus Manbij, einer kleinen Stadt in Syrien an der Grenze zur Türkei. Manbij ist in dieser Zeit vom Islamischen Staat besetzt, der in der Stadt die Gesetze der Scharia eingeführt hat. Beide werden wegen Vergehen gegen diese Gesetze gefangen genommen. Sie kommen in ein Umerziehungslager des Islamischen Staates in eine gemeinsame Zelle. Junis, ein arabischer Moslem und Rasho, ein kurdischer Jeside, stehen sich aufgrund ihrer unterschiedlichen Kulturen misstrauisch gegenüber. Beide erkennen aber schnell, dass sie in dieser schwierigen Situation zusammenhalten müssen. Die Geschichte einer Freundschaft zwischen den Fronten des syrischen Bürgerkrieges und der Kulturen.

Ines Allerheiligen

SCHULD

verjährt nicht

Kriminalroman

Eine Mordserie erschüttert das beschauliche Bremen-Nord. Das Team um das Ermittler-Duo Hanna Wolf und Kai Siemer übernimmt den Fall. Schnell wird klar, dass die Morde im Zusammenhang mit dem Verkauf von jüdischem Schmuck stehen. Aber wie stehen die Opfer zueinander? Warum war es ihnen so wichtig, dass man sie für Menschen jüdischen Glaubens hielt? Lange steht die Kripo Bremen vor einem Rätsel. Aber dann tun sich Abgründe auf, die bis ins Jahr 1943 zurückreichen

Nur ein einziger Schlag reicht aus, um Isas Leben aus dem Gleichgewicht zu bringen. In kürzester Zeit wird aus dem jungen, westlich orientierten Mann ein streng gläubiger Muslim, der sein bisheriges Leben in Deutschland komplett auf den Kopf und in Frage stellt. Auf der ersehnten Pilgerfahrt nach Mekka nimmt sein Leben eine tragische Wendung. Marie erzählt in diesem Buch einfühlsam die Wandlung ihres Schützlings Isa, der Halt in seinem Glauben sucht und damit die enge Bindung, die über mehrere Jahre hinweg bestanden hat, löst. Durch die Ereignisse auf der Pilgerfahrt bekommt Marie Kontakt zu Isas Familie in Syrien und einen Einblick in sein Leben, bevor er nach Deutschland geflohen ist.